U0693315

再见时光里的
一瞥惊鸿

——民国大家的记忆

齐明月 主编

ARTIME
时代出版
时代出版传媒股份有限公司
北京时代华文书局

图书在版编目（CIP）数据

再见时光里的一瞥惊鸿／齐明月主编．—北京：北京时代华文书局，2014.9

ISBN 978-7-80769-856-2

Ⅰ.①再… Ⅱ.①齐… Ⅲ.①散文集–中国–近现代 Ⅳ.①I26

中国版本图书馆 CIP 数据核字（2014）第 214592 号

丑牛系列

再见时光里的一瞥惊鸿

主　　编｜齐明月

出 版 人｜田海明　朱智润

选题策划｜黎　雨

责任编辑｜胡俊生　王雪君

装帧设计｜张子航

责任印制｜刘　银

营销推广｜张晓兵

出版发行｜时代出版传媒股份有限公司 http://www.press-mart.com

　　　　北京时代华文书局 http://www.bjsdsj.com.cn

　　　　北京市东城区安定门外大街 136 号皇城国际大厦 A 座 8 楼

　　　　邮　编：100011　　电话：010-64267120　64267397

印　　刷｜河北信德印刷有限公司

开　　本｜880mm×1230mm　1/32

印　　张｜8.25

字　　数｜157 千字

版　　次｜2015 年 1 月第 1 版　　2024 年 5 月第 2 次印刷

书　　号｜ISBN 978-7-80769-856-2

定　　价｜46.00 元

序

一本好书，一份礼物。

冯友兰先生曾在《我的读书经验》一文中分享："怎样知道哪些书是值得精读的呢？对于这个问题不必发愁。自古以来，已经有一位最公正的评选家，有许多推荐者向它推荐好书。这个选家就是时间，这些推荐者就是群众。历来的群众，把他们认为有价值的书，推荐给时间。时间照着他们的推荐，对于那些没有永久价值的书都刷下去了，把那些有永久价值的书流传下来。从古以来流传下来的书，都是经过历来群众的推荐，经过时间的选择，流传了下来。我们看见古代流传下来的书，大部分都是有价值的，我们心里觉得奇怪，怎么古人写的东西都是有价值的。其实这没有什么奇怪，他们所作的东西，也有许多没有价值的，不过这些没有价值的东西，没有为历代群众所推荐，在时间的考验上，落了选，被刷下去了。现在我们所称谓"经典著作"或"古典著作"的书都是经过时间考验，流传下来的。这一类的书都是应该精读的书。"越是好的文章，好的书，越是经得起时间的考验。而那些好的文章和好的书，便是需要我们去精读的书。朱光潜先生也说："读书并不在多，最重要的是选得精，读得彻底。"

所以说，对于你正在阅读的书，它之于你的意义，只有你自己才是最好的裁判。而我们能做的，便是把这样一本值得去用心赏读的小书与你一起分享。一如严文井先生所言："书籍默不作声，带着神秘的笑容等待着我们。当你打开任何一本书籍的时候，马上你就会听到许多声音，美妙的音乐或刺耳的噪声。你可以停留在里面，也可以马上退出来。"

是为序，愿所有读书人，皆有好书读。

编　者

目　录

睹物寄思

遣怀故友

旅踪屐痕

风物闲美

江水由船边的黄到中心的铁青到岸边的银灰色。有几只小轮在喷吐着煤烟：在烟囱的端际，它是黑色；在船影里，淡青，米色，苍白；在斜映着的阳光里，棕黄。

绿

朱自清

　　我第二次到仙岩的时候，我惊诧于梅雨潭的绿了。

　　梅雨潭是一个瀑布潭。仙岩有三个瀑布，梅雨瀑最低。走到山边，便听见哗哗哗哗的声音；抬起头，镶在两条湿湿的黑边儿里的，一带白而发亮的水便呈现于眼前了。我们先到梅雨亭。梅雨亭正对着那条瀑布；坐在亭边，不必仰头，便可见它的全体了。亭下深深的便是梅雨潭。这个亭踞在突出的一角的岩石上，上下都空空儿的；仿佛一只苍鹰展着翼翅浮在天宇中一般。三面都是山，像半个环儿拥着；人如在井底了。这是一个秋季的薄阴的天气。微微的云在我们顶上流着；岩面与草丛都从润湿中透出几分油油的绿意。而瀑布也似乎分外的响了。那瀑布从上面冲下，仿佛已被扯成大小的几绺；不复是一幅整齐而平滑的布。岩上有许多棱角；瀑流经过时，作急剧的撞击，便飞花碎玉般乱溅着了。那溅着的水花，晶莹而多芒；远望去，像一朵朵小小的白梅，微雨似的纷纷落着。据说，这就是梅雨潭之所以得名了。但我觉得像杨花，格外确切些。轻风起来时，点点随风飘散，那更是杨花了——这时偶然有几点送入我们温暖的怀里，便倏的钻了进去，再也寻它不着。

梅雨潭闪闪的绿色招引着我们；我们开始追捉她那离合的神光了。揪着草，攀着乱石，小心探身下去，又鞠躬过了一个石穹门，便到了汪汪一碧的潭边了。瀑布在襟袖之间；但我的心中已没有瀑布了。我的心随潭水的绿而摇荡。那醉人的绿呀，仿佛一张极大极大的荷叶铺着，满是奇异的绿呀。我想张开两臂抱住她；但这是怎样一个妄想呀——站在水边，望到那面，居然觉着有些远呢！这平铺着，厚积着的绿，着实可爱。她松松的皱缬着，像少妇拖着的裙幅；她轻轻的摆弄着，像跳动的初恋的处女的心；她滑滑的明亮着，像涂了"明油"一般，有鸡蛋清那样软，那样嫩，令人想着所曾触过的最嫩的皮肤；她又不杂些儿法渣滓，宛然一块温润的碧玉，只清清的一色——但你却看不透她！我曾见过北京什刹海拂地的绿杨，脱不了鹅黄的底子，似乎太淡了。我又曾见过杭州虎跑寺旁高峻而深密的"绿壁"，重叠着无穷的碧草与绿叶的，那又似乎太浓了。其余呢，西湖的波太明了，秦淮河的水又太暗了。可爱的，我将什么来比拟你呢？我怎么比拟得出呢？大约潭是很深的、故能蕴蓄着这样奇异的绿；仿佛蔚蓝的天融了一块在里面似的，这才这般的鲜润呀——那醉人的绿呀！我若能裁你以为带，我将赠给那轻盈的舞女；她必能临风飘举了。我若能挹你以为眼，我将赠给那善歌的盲妹；她必明眸善睐了。我舍不得你；我怎舍得你呢？我用手拍着你，抚摩着你，如同一个十二三岁的小姑娘。我又掬你入口，便是吻着她了。我送你一个名字，我从此叫你"女儿绿"，好么？

我第二次到仙岩的时候，我不禁惊诧于梅雨潭的绿。

江行的晨暮

朱　湘

　　美在任何的地方，即使是古老的城外，一个轮船码头的上面。

　　等船，在划子上，在暮秋夜里九点钟的时候，有一点冷的风。天与江，都暗了；不过，仔细地看去，江水还浮着黄色。中间所横着的一条深黑，那是江的南岸。

　　在众星的点缀里，长庚星闪耀得像一盏较远的电灯。一条水银色的光带晃动在江水之上。看得见一盏红色的渔灯。

岸上的房屋是一排黑的轮廓。

一条趸船在四五丈以外的地点。模糊的电灯，平时令人不快的，在这时候，在这条趸船上，反而，不仅是悦目，简直是美了。在它的光围下面，聚集着一些人形的轮廓。不过，并听不见人声，像这条划子上这样。

忽然间，在前面江心里，有一些黝黯的帆船顺流而下，没有声音，像一些巨大的鸟。

一个商埠旁边的清晨。

太阳升上了有二十度；覆碗的月亮与地平线还有四十度的距离。几大片鳞云粘在浅碧的天空里；看来，云好像是在太阳的后面，并且远了不少。

山岭披着古铜色的衣，褶痕是大有画意的。

水汽腾上有两尺多高。有几只肥大的鸥鸟，它们，在阳光之内，暂时的闪白。

月亮是在左舷的这边。

水汽腾上有一尺多高；在这边，它是时隐时显的。在船影之内，它简直是看不见了。

颜色十分清阔的，是远洲上的列树，水平线上的帆船。

江水由船边的黄到中心的铁青到岸边的银灰色。有几只小轮在喷吐着煤烟：在烟囱的端际，它是黑色；在船影里，淡青，米色，苍白；在斜映着的阳光里，棕黄。

清晨时候的江行是色彩的。

听　潮

鲁　彦

　　一年夏天，我和妻坐着海轮，到了一个有名的岛上。

　　这里是佛国，全岛周围三十里内，除了七八家店铺以外，全是寺院。岛上没有旅店，每一个寺院都特设了许多客房给香客住宿。而到这里来的所谓香客，有很多是游览观光的，不全是真正烧香拜佛的香客。

　　我们就在一个比较幽静的寺院里选了一间房住下来——这是一间靠海湾的楼房，位置已经相当的好，还有一个露台突出在海上，朝晚可以领略海景，尽够欣幸了。

每天潮来的时候，听见海浪冲击岩石的音响，看见空际细雨似的，朝雾似的，暮烟似的飞沫升落；有时它带着腥气，带着咸味，一直冲进我们的窗棂，黏在我们的身上，润湿着房中的一切。

"现在这海就完全属于我们的了！"当天晚上，我们靠着露台的栏杆，赏鉴海景的时候，妻欢心地呼喊着说。

大海上一片静寂。在我们的脚下，波浪轻轻吻着岩石，像朦胧欲睡似的。在平静的深黯的海面上，月光辟开了一款狭长的明亮的云汀，闪闪地颤动着，银鳞一般。远处灯塔上的红光镶在黑暗的空间，像是一颗红玉。它和那海面的银光在我们面前揭开了海的神秘——那不是狂暴的不测的可怕的神秘，而是幽静的和平的愉悦的神秘。我们的脚下仿佛轻松起来，平静地，宽廓地，带着欣幸与希望，走上了那银光的路，朝向红玉的琼台走去。

这时候，妻心中的喜悦正和我一样，我俩一句话都没有说。

海在我们脚下沉吟着，诗人一般。那声音仿佛是朦胧的月光和玫瑰的晨雾那样温柔；又像是情人的蜜语那样芳醇；低低地，轻轻地，像微风拂过琴弦；像落花飘在水上。

海睡熟了。

大小的岛拥抱着，偎依着，也静静地恍惚入了梦乡。

星星在头上眨着慵懒的眼睑，也像要睡了。

许久许久，我俩也像入睡了似的，停止了一切的思念和情绪。

不晓得过了多少时候，远寺的钟声突然惊醒了海的酣梦，它恼怒似的激起波浪的兴奋，渐渐向我们脚下的岩石掀过来，发出汩汩的声音，像是谁在海底吐着气，海面的银光跟着晃动起来，银龙样的。接着我们脚下的岩石上就像铃、铙钹、钟鼓在奏鸣，而且声音愈响愈大起来。

没有风。海自己醒了，喘着气，转侧着，打着呵欠，伸着懒腰，抹着眼睛。因为岛屿挡住了它的转动，它狠狠地用脚踢着，用手推着，用牙咬着。它一刻比一刻兴奋，一刻比一刻用劲。岩石也仿佛渐渐战栗，发出抵抗的嗥叫，击碎了海的鳞甲，片片飞散。

海终于愤怒了。它咆哮着袭击过来，猛烈地冲向岸边，冲进了岩石的罅隙里，又拨剌着岩石的壁垒。音响就越大了。战鼓声，金锣声，呐喊声，叫号声，啼哭声，马蹄声，车轮声，机翼声，掺杂在一起，像千军万马混战了起来。

银光消失了。海水疯狂地汹涌着，吞没了远近大小的岛屿。它从我们的脚下扑了过来，响雷般地怒吼着，一阵阵地将满含着血腥的浪花泼溅在我们的身上。

"彦，这里会塌了！"妻战栗起来叫着说，"我怕！"

"怕什么。这是伟大的乐章！海的美就在这里。"我说。

退潮的时候，我扶着她走近窗边，指着海说："一来一去，来的时候凶猛；去的时候又多么平静呵！一样的美。"

然而她怀疑我的话。她总觉得那是使她恐惧的。但为了我，她仍愿意陪着我住在这个危楼。

我喜欢海，溺爱着海，尤其是潮来的时候。因此即使是伴妻一道默坐在房里，从闭着的窗户内听着外面隐约的海潮音，也觉得满意，算是尽够欣幸了。

青 岛

闻一多

　　海船快到胶州湾时，远远望见一点青，在万顷的巨涛中浮沉；在右边崂山无数柱奇挺的怪峰，会使你忽然想起多少神仙的故事。进湾，先看见小青岛，就是先前浮沉在巨浪中的青点，离它几里远就是山东半岛最东的半岛——青岛。簇新的，整齐的楼屋，一座一座立在小小山坡上，笔直的柏油路伸展在两行梧桐树的中间，起伏在山冈上如一条蛇。谁信这个现成的海市蜃楼，一百年前还是个荒岛？

　　当春天，街市上和山野间密集的树叶，遮蔽着岛上所有的住屋，向着大海碧绿的波浪，岛上起伏的青梢也是一片海浪，浪下有似海底下神人所住的仙宫。但是在榆树丛荫，还埋着十多年前德国人坚伟的炮台，深长的甬道里你还可以看见那些地下室，那些被毁的大炮机，和墙壁上血涂的手迹。——欧战时这儿剩有五百德国兵丁和日本争夺我们的小岛，德国人败了，日本的太阳旗曾经一时招展全市，但不久又归还了我们。在青岛，有的是一片绿林下的仙宫和海水泱泱的高歌，不许人想到地下还藏着十多间可怕的暗窟，如今全毁了。

堤岸上种植无数株梧桐，那儿可以坐憩，在晚上凭栏望见海湾里千万只帆船的桅杆，远近一盏盏明灭的红绿灯漂在浮标上，那是海上的星辰。沿海岸处有许多伸长的山角，黄昏时潮水一卷一卷来，在沙滩上飞转，溅起白浪花，又退回去，不厌倦的呼啸。天空中海鸥逐向渔舟飞，有时间在海水中的大岩石上，听那巨浪撞击着岩石激起一两丈高的水花。那儿再有伸出海面的站桥，却站着望天上的云，海天的云彩永远是清澄无比的，夕阳快下山，西边浮起几道鲜丽耀眼的光，在别处你永远看不见的。

过清明节以后，从长期的海雾中带回了春色，公园里先是迎春花和连翘，成篱的雪柳，还有好像白亮灯的玉兰，软风一吹来就憩了。四月中旬，奇丽的日本樱花开得像天河，十里长的两行樱花，蜿蜒在山道上，你在树下走，一举首只见樱花绣成的云天。樱花落了，地下铺好一条花蹊。接着海棠花又点亮了，还有踯躅在山坡下的"山踯躅"，丁香，红端木，天天在染织这一大张地毡；往山后深林里走去，每天你会寻见一条新路，每一条小路中不知是谁创制的天地。

到夏季来，青岛几乎是天堂了。双驾马车载人到汇泉浴场去，男的女的中国人和十方的异客，戴了阔边大帽，海边沙滩上，人像小鱼一般，曝露在日光下，怀抱中是薰人的咸风。沙滩边许多小小的木屋，屋外搭着伞篷，人全仰天躺在沙上，有的下海去游泳，踩水浪，孩子们光着身在海滨拾贝壳。街路上满是烂醉的外国水手，一路上胡唱。

但是等秋风吹起，满岛又回复了它的沉默，少有人行走，只在雾天里听见一种怪水牛的叫声，人说水牛躲在海角下，谁都不知道在哪儿。

蛛丝和梅花

林徽因

　　真真地就是那么两根蛛丝，由门框边轻轻地牵到一枝梅花上。就是那么两根细丝，迎着太阳光发亮……再多了，那还像样么。一个摩登家庭如何能容蛛网在光天白日里作怪，管它有多美丽，多玄妙，多细致，够你对着它联想到一切自然造物的神工和不可思议处；这两根丝本来就该使人脸红，且在冬天够多特别！可是亮亮的，细细的，倒有点像银，也有点像玻璃制的细丝，委实不算讨厌，尤其是它们那么洒脱风雅，偏偏那样有意无意地斜着搭在梅花的枝梢上。

　　你向着那丝看，冬天的太阳照满了屋内，窗明几净，每朵含苞的，开透的，半开的梅花在那里挺秀吐香，情绪不禁迷茫缥缈地充溢心胸，在那刹那的时间中振荡。同蛛丝一样的细弱，和不必需，思想开始抛引出去；由过去牵到将来，意识的，非意识的，由门框梅花牵出宇宙，浮云沧波踪迹不定。是人性，艺术，还是哲学，你也无暇计较，你不能制止你情绪的充溢，思想的驰骋，蛛丝梅花竟然是瞬息可以千里！好比你是蜘蛛，你的周围也有你自织的蛛网，细致地牵引着天地，不怕多少次风雨来吹断它，你不会停止了这生命上基本的活动。此刻……"一枝斜好，幽香不知甚处"……

　　拿梅花来说吧，一串串丹红的结蕊缀在秀劲的傲骨上，最可爱，最可赏，等半绽将开地错落在老枝上时，你便会心跳！梅花最怕开；开了便没话说。索性残了，沁香拂散同夜里炉火都能成了一种温存的凄清。

　　记起了，也就是说到梅花，玉兰。初是有个朋友说起初恋时玉兰刚开完，天气每天的暖，住在湖旁，每夜跑到湖边林子里走路，又静坐幽僻石上看隔岸灯火，感到好像仅有如此虔诚地孤对一片泓碧寒星远市，才能把心里情绪抓紧了，放在最可靠最纯净的一撮思想里，始不至亵渎了或是惊着那"寤寐思服"的人儿。那是极年轻的男子初恋

的情景——对象渺茫高远，反而近求"自我的"郁结深浅
——他问起少女的情绪。

就在这里，忽记起梅花。一枝两枝，老枝细枝，横着，虬着，描着影子，喷着细香；太阳淡淡金色地铺在地板上：四壁琳琅，书架上的书和书签都像在发出言语；墙上小对联记不得是谁的集句；中条是东坡的诗。你敛住气，简直不敢喘息，巅起脚，细小的身形嵌在书房中间，看残照当窗，花影摇曳，你像失落了什么，有点迷惘。又像"怪东风着意相寻"，有点儿没主意！浪漫，极端的浪漫。"飞花满地谁为扫？"你问，情绪风似地吹动，卷过，停留在惜花上面。再回头看看，花依旧嫣然不语。"如此娉婷，谁人解看花意"，你更沉默，几乎热情地感到花的寂寞，开始怜花，把同情统统诗意地交给了花心！

这不是初恋，是未恋，正自觉"解看花意"的时代。情绪的不同，不止是男子和女子有分别，东方和西方也甚有差异。情绪即使根本相同，情绪的象征，情绪所寄托，所栖止的事物却常常不同。水和星子同西方情绪的联系，早就成了习惯。一颗星子在蓝天里闪，一流冷涧倾泄一片幽愁的平静，便激起他们诗情的波涌，心里甜蜜地，热情地便唱着由那些鹅羽的笔锋散下来的"她的眼如同星子在暮天里闪"，或是"明丽如同单独的那颗星，照着晚来的天"，或"多少

次了，在一流碧水旁边，忧愁倚下她低垂的脸"。

　　惜花、解花太东方，亲昵自然，含着人性的细致是东方传统的情绪。

　　此外年龄还有尺寸，一样是愁，却跃跃似喜，十六岁时的，微风零乱，不颓废，不空虚，踮着理想的脚充满希望，东方和西方却一样。人老了脉脉烟雨，愁吟或牢骚多折损诗的活泼。大家如香山，稼轩，东坡，放翁的白发华发，很少不梗在诗里，至少是令人不快。话说远了，刚说是惜花，东方老少都免不了这嗜好，这倒不论老的雪鬓曳杖，深闺里也就攒眉千度。

　　最叫人惜的花是海棠一类的"春红"，那样娇嫩明艳，开过了残红满地，太招惹同情和伤感。但在西方即使也有我们同样的花，也还缺乏我们的廊庑庭院。有了"庭院深深深几许"才有一种庭院里特有的情绪。如果李易安的"斜风细雨"底下不是"重门须闭"也就不"萧条"得那样深沉可爱；李后主的"终日谁来"也一样的别有寂寞滋味。看花更须庭院，常常锁在里面认识，不时还得有轩窗栏杆，给你一点凭藉，虽然也用不着十二栏杆倚遍，那么懦弱无聊。

　　当然旧诗里伤愁太多：一首诗竟像一张美的证券，可以照着市价去兑现！所以庭花，乱红，黄昏，寂寞太滥，时常失却诚实。西洋诗，恋爱总站在前头，或是"忘掉"，或是"记起"，月是为爱，花也是为爱，只使全是真情，也未尝不太腻味。就以两边好的来讲。拿他们的月光同我们的月色比，似乎是月色滋味深长得多。花更不用说了；我们的花"不是预备采下缀成花球，或花冠献给恋人的"，却是一树一树绰约的，个性的，自己立在情人的地位上接受恋歌的。

所以未恋时的对象最自然的是花，不是因为花而起的感慨——十六岁时无所谓感慨——仅是刚说过的自觉解花的情绪。寄托在那清丽无语的上边，你心折它绝韵孤高，你为花动了感情，实说你同花恋爱，也未尝不可——那惊讶狂喜也不减于初恋。还有那凝望，那沉思……

一根蛛丝！记忆也同一根蛛丝，搭在梅花上就由梅花枝上牵引出去，虽未织成密网，这诗意的前后，也就是相隔十几年的情绪的联络。

午后的阳光仍然斜照，庭院阒然，离离疏影，房里窗棂和梅花依然伴和成为图案，两根蛛丝在冬天还可以算为奇迹，你望着它看，真有点像银，也有点像玻璃，偏偏那么斜挂在梅花的枝梢上。

超山的梅花

郁达夫

凡到杭州来游的人，因为交通的便利和时间的经济的
关系，总只在西湖一带登山望水，漫游两三日，便买些土
产，如竹篮、纸伞之类，匆匆回去；以为雅兴已尽，尘土
已经涤去，杭州的山水佳处，都曾享受过了。所以古往今
来，一般人只知道三竺六桥，九溪十八涧，或西湖十景，
苏小岳王；而离杭城三五十里稍东偏北的一带山水，现在
简直是很少有人去玩，并且也不大有人提起的样子。

在古代可不同；至少至少，在清朝的乾嘉道光，去今
百余年前，杭州人的好游的，总没有一个不留恋西溪，也

没有一个不披蓑戴笠去看半山（即皋亭山）的桃花，超山的香雪的。原因是因为那时候杭州和外埠的交通，所取的路径都是水道；从嘉兴上海等处来往杭州，运河是必经之路。舟入塘栖，两岸就看得到山影；到这里，自杭州去他处的人，渐有离乡去国之感，自外埠到杭州来的人，方看得到山明水秀的一个外廓；因而塘栖镇和超山、独山等处，便成了一般旅游之人对杭州的记忆的中心。

超山是在塘栖镇南，旧日仁和县（现在并入杭县了）东北六十里的永和乡的，据说高有五十余丈，周二十里（咸淳《临安志》作三十七丈），因其山超然出于皋亭黄鹤之外，故名。

从前去游超山，是要从湖墅或拱宸桥下船，向东向北向西向南，曲折回环，冲破菱荇水藻而去的；现在汽车路已经开通，自清泰门向东直驶，至乔司站落北更向西，抄过临平镇，由临平山西北，再驰十余里，就可以到了；"小红唱曲我吹箫"的船行雅处，现在虽则要被汽车的机器油破坏得丝缕无余，但坐船和坐汽车的时间的比例，却有五与一的大差。

汽车走过的临平镇，是以释道潜的一首"风蒲猎猎弄轻柔，欲立蜻蜓不自由，五月临平山下路，藕花无数满汀洲"的绝句出名；而超山北面的塘栖镇，又以南宋的隐士，明末清初的田园别墅出名；介与塘栖与超山之间的丁山湖，更以水光山色，鱼虾果木出名；也无怪乎从前的文人骚客，都要向杭州的东面跑，而超山、皋亭山的名字每散见于诸名士的歌咏里了。

超山脚下，塘栖附近的居民，因为住近水乡，阡陌不广之故，所靠以谋生的完全是果木的栽培。自春历夏，以及秋冬，梅子、樱桃、枇杷、杏子、甘蔗之类的出产，一年总有百万元内外。所以超山一带的梅林，成千成万；由我们过路的外乡人看来，只以为是乡民趣味的高尚。个个都在学林和靖的终身不娶，殊不知实际上是他们却是正在靠此而养活妻孥的哩！

超山的梅花，向来是开在立春前后的：梅干极粗极大，枝叉离披四散，五步一丛，十步一坂，每个梅林，总有千株内外，一株的花朵，又有万颗左右；故而开的时候，香气远传到十里之外的临平山麓，登高而远望下来，自然自我一个雪海；近年来虽说梅株减少了一点，但我想比到罗浮的仙境，总也只有过之，不会不及。

从杭州到超山去的汽车路上，过临平山后，两旁已经有一处一处的梅林在迎送了，而汇聚得最多，游人所必到的看梅胜地，大抵总在汽车站西南，超山东北麓，报慈寺大明堂（亦称大明寺）前头，梅花丛里有一个周梦坡筑的宋梅亭在那里的周围五六里地的一圈地方。

报慈寺里的大殿（大约就是大明堂了罢?），前几年被寺的仇人毁坏了，当时还烧死了一位当家和尚在殿东一块石碑之下。但殿后的一块刻有吴道子画的大士像的石碑，还好好地镶在壁里，丝毫也没有动。去年我去的时候，寺僧刚在募化重修大殿；殿外面的东头，并且已经盖好了三间厢房在作客室。后面高一段的三间后殿，火烧时也不曾烧去，和尚手指着立在殿后壁里的那一块石刻大士像碑说："这都是这位大慈大悲救苦救难广大灵感观世音菩萨的福佑!"

在何春渚删成的《塘栖志略》里，说大明寺前有一口井，井水甘冽! 旁树石碣，刻有"一人堂堂，二曜重光，泉深尺一，点去冰旁；二人相连，不欠一边，三梁四柱烈火然，添却双钩两日全"之碑铭，不识何意等语。但我去大明堂（寺）的时候，却既不见井，也不见碑；而这条碑铭，我从前是曾在一部笔记叫做《桂苑丛淡》的书里看到过一次的。这书记载着："令狐相公出镇淮海日，支使班蒙，与从事诸人，俱游大明寺之西廊，忽睹前壁，题有此铭，诸宾皆莫能辨，独班支使曰：'得非大明寺水，天下无此八字乎？'众皆恍然。"从此看来，《塘栖志略》里所说的大明寺井碑，应是抄来的文章，而编者所谓不识何意者，还是他在故弄玄虚。当然，寺在山麓，地又近水，寺前寺后，井是当然有一口的；井里的泉，也当然是清冽的；不过此碑此铭，却总有点儿可疑。

大明寺前的所谓宋梅，是一棵曲屈苍老，根脚边只剩了两条树皮围拱，中间空心，上面枝干四叉的梅树。因为怕有人折，树外面全部是用一铁丝网罩住的。树当然是一株老树，起码也要比我的年纪大一两倍，但究竟是不是宋梅，我却不敢断定。去年秋天，曾在天台山国清寺的伽蓝殿前，看见过一株所谓隋梅；前年冬天，也曾在临平山下安隐寺里看见过一枝所谓唐梅；但所谓隋，所谓唐，所谓宋等等，我想也不过"所谓"而已，究竟如何，还得去问问植物考古的专家才行。

出大明堂，从梅花林里穿过，西面从吴昌硕的坟旁一条石砌路上攀登上去，是上超山顶去的大路了。一路上有许多同梦也似的疏林，一株两株如被遗忘了似的红白梅花，不少的坟园，在招你上山，到了半山的竹林边的真武殿（俗称中圣殿）外，超山之所以为超，就有点感觉得到了；从这里向东西北的三面望去，是汪洋的湖水，曲折的河身，无数的果树，不断的低岗，还有塘的两面的点点的人家；

这便算是塘栖一带的水乡全景的鸟瞰。

从中圣殿再沿石级上去，走过黑龙潭，更走二里，就可以到山顶，第一要使你骇一跳的，是没有到上圣殿之先的那一座天然石筑的天门。到了这里，你才晓得超山的奇特，才晓得《志》上所说的"山有石鱼石笋等，他石多异形，如人兽状"诸记载的不虚。实实在在，超山的好处，是在山头一堆石，山下万梅花，至若东瞻大海，南眺钱江，田畴如井，河道如肠，桑麻遍地，云树连天等形容词，则凡在杭州东面的高处，如临平山黄鹤峰上都用得着的，并非是超山独一无二的绝景。

你若到了超山之后，则北去超山七里地外的塘栖镇上，不可不去一到。在那些河流里坐坐船，果树下跑跑路，趣味实在是好不过。两岸人家，中夹一水；走过丁山湖时，向西面看看独山，向东首看看马鞍龟背，想象想象南宋垂亡。福王在庄（至今其地还叫做福王庄）上所过的醉生梦死、脂香粉腻的生涯，以及明清之际，诸大老的园亭别墅、台榭楼堂，或康熙乾隆等数度的临幸，包管你会起一种像读《芜城赋》似的感慨。

又说到了南宋，关于塘栖，还有好几宗故事，值得一提。第一，卓氏家乘《唐栖考》里说："唐栖者，唐隐士所栖也；隐士名珏，字玉潜，宋末会稽人。少孤，以明经教授乡里子弟而养其母。至元戊寅，浮图总统杨连真伽，利宋攒宫金玉，故为妖言惑主听，发掘之。珏怀愤，乃货家具，召诸恶少，收他骨易遗骸，瘗兰亭山后，而树冬青树识焉。珏后隐居唐栖，人义之，遂名其地为唐栖。"这镇名的来历说，原是人各不同的，但这也岂不是一件极有趣的故实吗？还有塘栖西龙河圩，相传有宋宫人墓；昔有士子，秋夜凭栏对月，忽闻有环珮之声，不寐听之，歌一绝云："淡淡春山抹未浓，偶然还记旧行踪，自从一入朱门去，便隔人间几万重。"闻之酸鼻。这当然也是一篇绝哀艳的鬼国文章。

塘栖镇跨在一条水的两岸，水南属杭州，水北属德清；商市的繁盛，酒家的众多，虽说只是一个小小的镇集，但比起有些县城来，怕还要闹热几分。所以游过超山，不愿在山上吃冷豆腐黄米饭的人，尽可以上塘栖镇上去痛饮大嚼；从山脚下走回汽车路去坐汽车上塘栖，原也很便，但这一段路，总以走走路坐坐船更为合式。

白马湖之冬

夏丏尊

    在我过去四十余年的生涯中，冬的情味尝得最深刻的，要算十年前初移居白马湖的时候了。十年以来，白马湖已成了一个小村落，当我移居的时候，还是一片荒野。春晖中学的新建筑巍然矗立于湖的那一面，湖的这一面的山脚下是小小的几间新平屋，住着我和刘君心如两家。此外两三里内没有人烟。一家人于阴历十一月下旬从热闹的杭州移居这荒凉的山野，宛如投身于极带中。

    那里的风，差不多日日有的，呼呼作响，好像虎吼。屋宇虽系新建，构造却极粗率，风从门窗隙缝中来，分外尖削，把门缝窗隙厚厚地用纸糊了，缝中却仍有透入。风刮得厉害的时候，天未夜就把大门关上，全家吃毕夜饭即睡入被窝里，静听寒风的怒号，湖水的澎湃。靠山的小后轩，算是我的书斋，在全屋子中风最小的一间，我常把头上的罗宋帽拉得低低地，在洋灯下工作至夜深。松涛如吼，霜月当窗，饥鼠吱吱在承尘上奔窜。我于这种时候深感到萧瑟的诗趣，常独自拨划着炉灰，不肯就睡，把自己拟诸山水画中的人物，作种种幽邈的遐想。现在白马湖到处都是树木了，当时尚一株树木都未种。月亮与太阳都是整个儿的，从上山起直要照到下山为止。太阳好的时候，只要不刮风，那真和暖得不像冬天。一家人都坐在庭间曝日，甚至于吃午饭也在屋外，像夏天的晚饭一样。日光晒到哪里，就把椅凳移到哪里，忽然寒风来了，只好逃难似地各自带了椅凳逃入室中，急急把门关上。在平常的日子，风来大概在下午快要傍晚的时候，半夜即息。至于大风寒，那是整日夜狂吼，要二三日才止的。最严寒的几天，泥地看去惨白如水门汀，山色冻得发紫而黯，湖波泛深蓝色。

下雪原是我所不憎厌的，下雪的日子，室内分外明亮，晚上差不多不用燃灯。远山积雪足供半个月的观看，举头即可从窗中望见。可是究竟是南方，每冬下雪不过一二次。我在那里所日常领略的冬的情味，几乎都从风来。白马湖的所以多风，可以说有着地理上的原因。那里环湖都是山，而北首却有一个半里阔的空隙，好似故意张了袋口欢迎风来的样子。白马湖的山水和普通的风景地相差不远，唯有风却与别的地方不同。风的多和大，凡是到过那里的人都知道的。风在冬季的感觉中，自古占着重要的因素，而白马湖的风尤其特别。

现在，一家僦居上海多日了，偶然于夜深人静时听到风声，大家就要提起白马湖来，说"白马湖不知今夜又刮得怎样厉害哩！"

旧识掠影

故乡的雨，故乡的天，故乡的山河和田野……还有那蔚蓝中衬着整齐的金黄的菜花的春天，藤黄的稻穗带着可爱的气息的夏天，蟋蟀和纺织娘们在濡湿的草中唱着诗的秋天，小船吱吱地触着沉默的薄冰的冬天……还有那熟识的道路，还有那亲密的故居……

春的林野

许地山

春光在万山环抱里，更是泄漏得迟。那里的桃花还是开着；漫游的薄云从这峰飞过那峰，有时稍停一会，为的是挡住太阳，教地面的花草在它的荫下避避光焰的威吓。

岩下的荫处和山溪的旁边满长了薇蕨和其它凤尾草。红、黄、蓝、紫的小草花点缀在绿茵上头。

天中的云雀，林中的金莺，都鼓起它们的舌簧。轻风把它们的声音挤成一片，分送给山中各样有耳无耳的生物。桃花听得入神，禁不住落了几点粉泪，一片一片凝在地上。

小草花听得大醉，也和着声音的节拍一会倒，一会起，没有镇定的时候。

林下一班孩子正在那里捡桃花的落瓣哪。他们捡着，清儿忽嚷起来，道："嗄，邕邕来了！"众孩子住了手，都向桃林的尽头盼望。果然邕邕也在那里摘草花。

清儿道："我们今天可要试试阿桐的本领了。若是他能办得到，我们都把花瓣穿成一串璎珞围在他身上，封他为大哥如何？"

众人都答应了。

阿桐走到邕邕面前，道："我们正等着你来呢。"

阿桐的左手盘在邕邕的脖上，一面走一面说："今天他们要替你办嫁妆，教你做我的妻子。你能做我的妻子么？"

邕邕狠视了阿桐一下，回头用手推开他，不许他的手再搭在自己脖上。孩子们都笑得支持不住了。

众孩子嚷道："我们见过邕邕用手推人了！阿桐赢了！"

邕邕从来不会拒绝人，阿桐怎能知道一说那话，就能使她动手呢？是春光的荡漾，把他这种心思泛出来呢？或者，天地之心就是这样呢？

你且看：漫游的薄云还是从这峰飞过那峰。

你且听：云雀和金莺的歌声还布满了空中和林中。在这万山环抱的桃林中，除那班爱闹的孩子以外，万物把春光领略得心眼都迷蒙了。

渡 家

靳 以

　　穿行我所住的那个城的三条河（其中的一条是运河，一条是白河，再一条就不知道了），流到一个地方汇合了；于是河面广了，流水也急了。在那中间，还有着急流的漩涡，老年人说那下面是有着宝物的。是什么样的宝物，没有人看见，也没有人知道。还有些附会的话也由老年人告诉着青年人，那是说到矗立在河北岸的天主教堂：那座有着狭长窗子高惕式的建筑，曾经因为剖取中国人的心和眼睛，在庚子前一二年，就有站在河南的幼童，轻轻抛着石子就可以打碎那玻璃的窗子。"那是人民的力量呵！"老人叹着气，"可是后来就引起来八国联军进北京！"

就在那天主堂下面，通到河的南岸，有着一个渡口；这在我才住到这个城中的时候就知道了。渡家是一个五十多岁，短矮而跛了左足的人。他虽然是跛子，却仍是矫健的，黑红的肌肉，在用起力气的时候，像老鼠一样地在皮下忽突忽伏的。就是跛子，打下篙去，也能如平常人一样地弓着身子从船头走到船梢，踏着船板洞洞地响着。还有一个年轻人，那是他的儿子，不过三十岁的样子，看起来好像是还不如他强壮。

春天夏天和秋天，这条摆渡船是自由地打着斜从这岸到那岸，到了冬天，河水冻了起来，就只有钉好两支木桩，系好一根铁链，把冰凿开一条路，攀引着铁链往返地渡着。因为过渡的多半是住在附近的人，所以许多人都和他很熟识；到收渡钱的时候，端起小簸箩，他就要说："您带着钱吧！"过渡的人就会笑着，打着招呼，把钱放到里面。若是真没有带着钱，只要说一声下次再给吧，他就曳着跛脚到另外人的前面再说着那句话去了。

到晚间，一盏油灯就放在船头上，远远的只看到那黄黄的灯亮在水面上浮过去又浮过来。夜中，人少了，往返的次数也少了，为了过渡人的方便，在每次开行之先，他就扯起嗓子喊着："过摆渡啊！"每个字都是用拖长了的沙哑的声音，传到远远的地方去。想去赶过渡的人，就会一面应着一面紧着脚步，好能随着过去。即使跑到那里，渡船已经离岸一丈或是两丈，只要叫他一声，他仍然可以把船拢过来。他还会殷勤地叮咛着："不用忙，靠好了您再上来。"

一个冬天的晚上，恰巧我从友人家出来，要过渡回到我的家。时候并不十分晚，因为严寒和浓雾，行人却十分稀少了。我赶到渡口那里，摆渡刚刚靠近了这面的岸，从那上面只有三个人走下来，而在等候摆渡的人也只有我一个。我走上去，想着定然还会有一两个人上来。那晚上的重雾，却真是使我看不出二尺以外的物件，我只看见那盏黄黄的灯。在经过船头的时候，我看到蹲在那里的老年渡家。我就站在那里，像和一切都隔绝了似的。

"好大的雾啊！"

那个渡家说着，接着他就喊起来：

"谁过摆渡啊！"

没有一个人回应，也没有一个由远而近的脚步声。

"过去吧，爹，不会有人了。"

这是船梢那个年轻的对那个渡家说。

我却有点担心了，想起传奇中的一些荒诞的船夫故事，自己想着："真是我一个人怎么办呢？"

可是那个年老的却说：

"等等吧，万一有人来呢。"

我的心松下一点来了，于是他又用那沙哑的声音喊着。

仍然是静静的，只有远远响着的回音。

我只希望着能有一个人来。

我后悔着当友人要我住在他的家中，不如就答应了也好，省得冒这一番险。

"咱们走吧，也没有人了。"

是那个年老的这样说。我慌了，我急急说：

"等等也没有什么，我没有要紧事，省得别人来了又要等一大程。"

　　我的话居然生了效力，那个渡家又叫着。我想到索性下去吧，走到那面喊车多绕些路回去也就好了，而在恐惧之外的一点点好奇心，却使我仍然留在那里。

　　人还是没有，船却真的开了。

　　"得了，也没有人啦，到河那边我们也该歇了。"

　　这是那个年轻的在那边说着。

　　站在中间的我，却为纷乱的思虑所扰。我想我应该怎么样站着才好呢？那根竹篙一下不也就很能把我打翻了么？于是我想着我该怎么样把两腿用上力量，到他打来的时候，怎样抓住那根竹篙，乘机自己可以跳到冰上去逃走。

　　可是万一跳入了渔人捕鱼的冰穴，该怎么样呢？那不是就要沉到水底么？即使能再浮起来，也不见得可以从下去的地方冒上来。那时候顶着头的是坚厚的冰层，那将是什么样的结果呢？只有死在不见天日的水中了！

　　突然间那个船停了，我刚要叫出来，那个渡家却来说：

　　"已经到了，您带着钱吧。"

　　我忍着狂喜，匆匆地把钱摸了几个，放到那个小簸箩里，他说着道谢的话，再三地告诉我：雾大，看清了走，不要跌到河下去。

我平安地上了岸，踽踽地走着，偶然把头回过去，只看见一个微弱的灯光，一高一低地向着东方走去。

我的幻想消失了，我的想念却殷切了，我的心中一直记着：他是当我站在渡头茫然四顾的时候、把我安稳地渡到对岸的一个穷苦而极其善良的人。

烟霞余影

石评梅

一　龙潭之滨

细雨蒙蒙里，骑着驴儿踏上了龙潭道。

雨珠也解人意，只像沙霰一般落着，湿了的是崎岖不平的青石山路。半山岭的桃花正开着，一堆一堆远望去像青空中叠浮的桃色云；又像一个翠玉的篮儿里，满盛着红白的花。烟雾迷漫中，似一幅粉纱，轻轻地笼罩了青翠的山峰和卧崖。

　　谁都是悄悄地，只听见得得的蹄声。回头看芸，我不禁笑了，她垂鞭踏蹬，昂首挺胸的像个马上的英雄；虽然这是一幅美丽柔媚的图画，不是黄沙无垠的战场。

　　天边絮云一块块叠重着，雨丝被风吹着像细柳飘拂。远山翠碧如黛。如削的山峰里，涌出的乳泉，汇成我驴蹄下一池清水。我骑在驴背上，望着这如画的河山，似醉似痴，轻轻颤动我心弦的凄音；往事如梦，不禁对着这高山流水深深地叹了一口气！

　　惭愧我既不会画，又不能诗，只任着秀丽的山水由我眼底逝去，像一只口衔落花的燕子，飞掠进深林。

　　这边是悬崖，那边是深涧，狭道上满是崎岖的青石，明滑如镜，苍苔盈寸；因之驴蹄踏上去一步一滑！远远望去似乎人在峭壁上高悬着。危险极了，我劝芸下来，驴交给驴夫牵着，我俩携着手一跳一窜的走着。四围望不见什么，只有笔锋般的山峰像屏风一样环峙着；涧底淙淙流水碎玉般声音，好听似月下深林，晚风吹送来的环珮声。

　　跨过了几个山峰，渡过了几池流水，远远地就听见有一种声音，不是檐前金铃玉铎那样清悠意远，不是短笛洞箫那样凄哀情深，差堪比拟像云深处回绕的春雷，似近又远，似远又近的在这山峰间蕴蓄着。芸和我正走在一块悬岩上，她紧握住我的手说：

"蒲，这是什么声音？"

我莫回答她，抬头望见几块高岩上，已站满了人，疏疏洒洒像天上的小星般密布着。苹在高处招手叫我，她说："快来看龙潭！"在众人欢呼声中，我踟蹰不能向前：我已想着那里是一个令我意伤的境地，无论它是雄壮还是柔美。

一步一步慢腾腾的走到苹站着的那块岩石上，那春雷般的声音更响亮了。我俯首一望，身上很迅速的感到一种清冷，这清冷，由皮肤直浸入我的心，包裹了我整个的灵魂。

这便是龙潭，两个青碧的岩石中间，汹涌着一朵一片的絮云，它是比银还晶洁，比雪还皎白；一朵一朵的由这个山层飞下那个山层，一片一片由这个深涧飘到那个深涧。它像山灵的白袍，它像水神的银须；我意想它是翠屏上的一幅水珠帘，我意想它是裁剪下的一匹白绫。但是它都不能比拟，它似乎是一条银白色的蛟龙在深涧底回旋，它回旋中有无数的仙云拥护，有无数的天乐齐鸣！

我痴立在岩石上不动，看它瞬息万变，听它钟鼓并鸣。一朵白云飞来了，只在青石上一溅，莫有了！一片雪絮飘来了，只在青石上一掠，不见了！我站在最下的一层，抬起头可以看见上三层飞涛的壮观：到了这最后一层遂汇聚成一池碧澄的潭水，是一池清可见底，光能鉴人的泉水。

在这种情形下，我不知心头感到的是欣慰，还是凄酸？我轻渺像晴空中一缕烟线，不知是飘浮在天上还是人间？空洞洞的不知我自己是谁？谁是我自己？同来的游伴我也觉着她们都生了翅儿在云天上翱翔，那淡紫浅粉的羽衣，点缀在这般湖山画里，真不辨是神是仙了。

我的眼不能再看什么了，只见白云一片一片由深涧中乱飞！我的耳不能再听什么了，只听春雷轰轰在山坳里回旋！世界什么都莫有，连我都莫有，只有涛声絮云，只有潭水涧松。

芸和苹都跑在山上去照像。掉在水里的人的嘻笑声，才将我神驰的灵魂唤回来。我自己环视了一周山峰，俯视了一遍深潭，我低低喊着母亲，向着西方的彩云默祷！我觉着二十余年的尘梦，如今也应该一醒；近来悲惨的境遇，凄伤的身世，也应该找个结束。萍踪浪迹十余年漂泊天涯，难道人间莫有一块高峰，一池清溪，作我埋骨之地。如今这絮云堆中，只要我一动足，就可脱解了这人间的樊篱羁系；从此逍遥飘渺和晚风追逐。

我向着她们望了望，我的足已走到岩石的齿缘上，再有一步我就可离此尘世，在这洁白的潭水中，谪浣一下这颗尘沙蒙蔽的小心，忽然后边似乎有人牵着我的衣襟，回头一看芸紧皱着眉峰瞪视着我。

"走吧，到山后去玩玩。"她说着牵了我就转过一个山峰，她和我并坐在一块石头上。我现在才略略清醒，慢慢由遥远的地方把自己找回来，想到刚才的事又喜又怨，热泪不禁夺眶滴在襟上。我永不能忘记，那山峰下的一块岩石，那块岩石上我曾惊悟了二十余年的幻梦，像水云那样无凭呵！

可惜我不是独游，可惜又不是月夜，假如是月夜，是一个眉月伴疏星的月夜，来到这里，一定是不能想不能写的境地。白云絮飞的瀑布，在月下看着一定更美到不能言，钟鼓齐鸣的涛声，在月下听着一定要美到不敢听。这时候我一定能向深潭明月里，找我自己的幻影去；谁也不知道，谁也想不到：那时芸或者也无力再阻挠我的清兴！

雨已停了，阳光揭起云幕悄悄在窥人；偶然间来到山野的我们，终于要归去。我不忍再看龙潭，遂同芸、苹走下山来，走远了，那春雷般似近似远的声音依然回绕在耳畔。

二 翠峦清潭畔的石床

黄昏时候汽车停到万寿山，樊已雇好驴在那里等着。

梅隐许久不骑驴了，很迅速地跨上鞍去，一扬鞭驴子的四蹄已飞跑起来，几乎把她翻下来，我的驴腿上有点伤不能跑，连走快都不能，幸而好是游山不是赶路，走快走慢莫关系。

这条路的景致非常好，在平坦的马路上，两旁的垂柳常系拂着我的鬓角，迎面吹着五月的和风，夹着野花的清香。翠绿的远山望去像几个青螺，淙淙的水音在桥下流过，似琴弦在月下弹出的凄音，碧清的池塘，水底平铺着翠色的水藻，波上被风吹起一弧一弧的皱纹，里边游影着玉泉山的塔影；最好看是垂杨荫里，黄墙碧瓦的官房，点缀着这一条芳草萋萋的古道。

经过颐和园围墙时，静悄悄除了风涛声外，便是那啼尽兴亡恨事的暮鸦，在苍松古柏的枝头悲啼着。

他们的驴儿都走的很快，转过了粉墙，看见梅隐和樊并骑赛跑；一转弯掩映在一带松林里，连铃声衣影都听不见看不见了。我在后边慢慢让驴儿一拐一拐的走着，我想这电光石火的一刹那能在尘沙飞落之间，错错落落遗留下这几点蹄痕，已是烟水因缘，又那可让他迅速的轻易度过，而不仔细咀嚼呢！人间的驻停，只是一凝眸，无论如何繁缛绮丽的事境，只是昙花片刻，一卷一卷的像他们转入松林一样渺茫，一样虚无。

在一片松林里，我看见两头驴儿在地上吃草，驴夫靠在一棵树上蹲着吸潮烟，梅隐和揆坐在草地上吃葡萄干；见我来了他们跑过来替我笼住驴，让我下来。这是一个墓地，中间芳草离离，放着一个大石桌几个小石凳，被风雨腐蚀已经是久历风尘的样子。坟头共有三个，青草长了有一尺多高；四围遍植松柏，前边有一个石碑牌坊，字迹已模糊不辨，不知是否奖励节孝的？如今我见了坟墓，常起一种非喜非哀的感觉；愈见的坟墓多，我烦滞的心境愈开旷；虽然我和他们无一面之缘，但我远远望见这黑色的最后一幕时，我总默默替死者祝福！

梅隐见我立在这不相识的墓头发呆，她轻轻拍着我肩说："回来！"揆立在我面前微笑了。那时驴夫已将驴鞍理好，我回头望了望这不相识的墓，骑上驴走了。他们大概也疲倦了，不是他们疲倦是驴们疲倦了，因之我这拐驴有和他们并驾齐驰的机会。这时暮色已很苍茫，四面迷蒙的山岚，不知前有多少路后有多少路？那烟雾中轻笼的不知是山峰还是树林？凉风吹去我积年的沙尘，尤其是吹去我近来的愁恨，使我投入这大自然的母怀中沉醉。

惟自然可美化一切，可净化一切，这时驴背上的我，心里充满了静妙神微的颤动；一鞭斜阳，得得蹄声中，我是个无忧无虑的骄儿。

大概是七点多钟，我们的驴儿停在卧佛寺门前，两行古柏萧森一道石坡欹斜，庄严黄红色的穿门，恰恰笼罩在那素锦千林，红霞一幕之中。我踱过一道蜂腰桥，底下有碧绿的水，潜游着龙眼红色，像燕掠般在水藻间穿插。过了一个小门，望见一大块岩石，狰狞像一个卧着的狮子，岩石旁有一个小亭，小亭四周，遍环着白杨，暮云里蝉声风声噪成一片。

走过几个院落，依稀还经过一个方形的水池，就到了我们住的地方，我们住的地方是龙王堂。龙王堂前边是一眼望不透的森林，森林中漏着一个小圆洞，白天射着太阳，晚上照着月亮；后边是山，是不能测量的高山，那山上可以望见景山和北京城。

刚洗完脸，辛院的诸友都来看我，带来的糖果，便成了招待他们的茶点；在这里逢到，特别感着朴实的滋味，似乎我们都有几分乡村真诚的遗风。吃完饭，我回来时，许多人伏在石栏上拿面包喂鱼，这个鱼池比门前那个澄清，鱼儿也长的美丽。看了一会儿鱼，我们许多人出了卧佛寺，由小路抄到寺后上山去，撺叫了一个卖汽水点心的跟着，想寻着一个风景好的地方时，在月亮底下开野餐会。

这时候暝色苍茫，远树浓荫郁蓊，夜风萧萧瑟瑟，梅隐和撺走着大路，我和芸便在乱岩上跳蹿，苔深石滑，跌了不晓的有多少次。经过一个水涧，他们许多人悬崖上走，我和芸便走下了涧底，水不深，而碧清可爱，淙淙的水声，在深涧中听着依稀似嫠妇夜啼。几次回首望月，她依然模糊，被轻云遮着；但微微的清光由云缝中泄漏，并不如星夜那么漆黑不辨。前边有一块圆石，晶莹如玉，石下又汇集着一池清水。我喜欢极了，刚想爬上去，不料一不小心，跌在水里把鞋袜都湿了！他们在崖上，拍着手笑起来，我的脸大概是红了，幸而在夜间他们不曾看见；芸由岩石上踏过来才将我拖出水池。

抬头望悬崖峭壁之上，郁郁阴森的树林里掩映着几点灯光，夜神翅下的景致，愈觉的神妙深邃，冷静凄淡；这时候无论什么事我都能放得下超得过，将我的心轻轻地捧献给这黑衣的夜神。我们的足步声笑语声，惊得眠在枝上的宿鸟也做不成好梦，抖战着在黑暗中乱飞，似乎静夜旷野爆发了地雷，震得山中林木，如喊杀一般的纷乱和颤噤！

前边大概是村庄人家吧，隐隐有犬吠的声音，由那片深林中传出。

爬到山巅时，凉风习习，将衣角和短发都吹起来。我立在一块石床上，抬头望青苍削岩，乳泉一滴滴，由山缝岩隙中流下去，俯视飞瀑流湍，听着像一个系着小铃的白兔儿，在涧底奔跑一般，清冷冷忽远忽近那样好听。我望望云幕中的月儿，依然露着半面窥探，不肯把团圆赐给人间这般痴望的人们。这时候，揆来请我去吃点心，我们的聚餐会遂在那个峰上开了。这个会开得并不快活，各人都懒松松不能十分作兴，月儿呢模模糊糊似乎用泪眼望着我们。梅隐躺在草上唱着很凄凉的歌，真令人愁肠百结；揆将头伏在膝上，不知他是听他姐姐唱歌，还是膜首顶礼和默祷？这样夜里，不知什么紧压着我们的心，不能像往日那样狂放浪吟，解怀痛饮？

陪着他们坐了有几分钟，我悄悄地逃席了。一个人坐在那边石床上，听水涧底的声音，对面阴浓萧森的树林里，隐隐现出房顶；冷静静像死一般笼罩了宇宙。不幸在这非人间的，深碧而杳渺的清潭，映出我迷离恍惚的尘影；我卧在石床上，仰首望着模糊泪痕的月儿，静听着清脆激越的水声，和远处梅隐凄凉入云的歌声，这时候我心头涌来的凄酸，真愿在这般月夜深山里尽兴痛哭；只恨我连这都不能，依然和在人间一样要压着泪倒流回去。蓬勃的悲痛，还让它埋葬在心坎中去展转低吟！而这颗心恰和林梢月色，一样的迷离惨淡，悲情荡漾！

　　芸轻轻走到我身旁，凄然地望着我！我遂起来和芸跨过这个山峰，忽然眼前发现了一块绿油油的草地。我们遂拣了一块斜坡，坐在上边。面前有一棵松树，月儿正在树影中映出，下边深涧万丈，水流的声音已听不见；只有草虫和风声，更显得静寂中的振荡是这般阴森可怕！我们坐在这里，想不出什么话配在这里谈，而随便的话更不愿在这里谈。这真是最神秘的夜呵！我的心更较清冷，经这度潭水涛声洗涤之后。

　　夜深了，远处已隐隐听见鸡鸣，露冷夜寒，穿着单衣已有点战栗，我怕芸冻病，正想离开这里；揆和梅隐来寻我们，他们说在远处望见你们，像坟前的两个石像。

　　这夜里我和梅隐睡在龙王堂，而我的梦魂依然留在那翠峦清潭的石床上。

一片阳光

林徽因

放了假，春初的日子松弛下来。将午未午时候的阳光，澄黄的一片，由窗棂横浸到室内，晶莹地四处射。我有点发怔，习惯地在沉寂中惊讶我的周围。我望着太阳那湛明的体质，像要辨别它那交织绚烂的色泽，追逐它那不着痕迹的流动。看它洁净地映到书桌上时，我感到桌面上平铺着一种恬静，一种精神上的豪兴，情趣上的闲逸；即或所谓"窗明几净"，那里默守着神秘的期待，漾开诗的气氛。那种静，在静里似可听到那一处玲琅的泉流，和着仿佛是断续的琴声，低诉着一个幽独者自误的音调。看到这同一片阳光射到地上时，我感到地面上花影浮动，暗香吹拂左右，人随着晌午的光霭花气在变幻，那种动，柔谐婉转有如无声音乐，令人悠然轻快，不自觉地脱落伤愁。至多，在舒扬理智的客观里使我偶一回头，看看过去幼年记忆步履所留的残迹，有点儿惋惜时间；微微怪时间不能保存情绪，保存那一切情绪所曾流连的境界。

倚在软椅上不但奢侈，也许更是一种过失，有闲的过失。但东坡的辩护："懒者常似静，静岂懒者徒"，不是没有道理。如果此刻不倚榻上而"静"，则方才情绪所兜的小小圈子便无条件地失落了去！人家就不可惜它，自己却实在不能不感到这种亲密的损失的可哀。

就说它是情绪上的小小旅行吧，不走并无不可，不过走走未始不是更好。归根说，我们活在这世上到底最珍惜一些什么？果真珍惜万物之灵的人的活动所产生的种种，所谓人类文化？这人类文化到底又靠一些什么？我们怀疑或许就是人身上那一撮精神同机体的感觉，生理心理所共起的情感，所激发出的一串行为，所聚敛的一点智慧——那么一点点人之所以为人的表现。宇宙万物客观的本无所可珍惜，反映在人性上的山川、草木、禽兽才开始有了秀丽，有了气质，有了灵犀。反映在人性上的人自己更不用说。

没有人的感觉，人的情感，即便有自然，也就没有自然的美，质或神方面更无所谓人的智慧，人的创造，人的一切生活艺术的表现！这样说来，谁该鄙弃自己感觉上的小小旅行？为壮壮自己胆子，我们更该相信惟其人类有这类情绪的驰骋，实际的世间才赓续着产生我们精神所寄托的文物精萃。

此刻我竟可以微微一咳嗽，乃至于用播音的圆润口调说：我们既然无疑的珍惜文化，即尊重盘古到今种种的艺术——无论是抽象的思想的艺术，或是具体的驾驭天然材料另创的非天然形象——则对于艺术所由来的渊源，那点点人的感觉，人的情感智慧（通称人的情绪），又当如何地珍惜才算合理？

但是情绪的驰骋，显然不是诗或画或任何其他艺术建造的完成。这驰骋此刻虽占了自己生活的若干时间，却并不在空间里占任何一个小小位置！这个情形自己需完全明了。此刻它仅是一种无踪迹的流动，并无栖身的形体。它或含有各种或可捉摸的质素，但是好奇地探讨这个质素而具体要表现它的差事，无论其有无意义，除却本人外，别人是无能为力的。我此刻为着一片清婉可喜的阳光，分明自己在对内心交流变化的各种联想发生一种兴趣的注意，换句话说，这好奇与兴趣的注意已是我此刻生活的活动。

一种力量又迫着我来把握住这个活动，而设法表现它，这不易抑制的冲动，或即所谓艺术冲动也未可知！只记得冷静的杜工部散散步，看看花，也不免会有"江上被花恼不彻，无处告诉只颠狂"的情绪上一片紊乱！玲珑煦暖的阳光照人面前，那美的感人力量就不减于花，不容我生硬地自己把情绪分划为有闲与实际的两种，而权其轻重，然后再决定取舍的。我也只有情绪上的一片紊乱。

情绪的旅行本偶然的事，今天一开头并为着这片春初晌午的阳光，现在也还是为着它。房间内有两种豪侈的光常叫我的心绪紧张如同花开，趁着感觉的微风，深浅零乱于冷智的枝叶中间。一种是烛光，高高的台座，长垂的烛泪，熊熊红焰当帘幕四下时各处光影掩映。那种闪烁明艳，雅有古意，明明是画中景象，却含有更多诗的成分。另一种便是这初春晌午的阳光，到时候有意无意的大片子洒落满室，那些窗棂栏板几案笔砚浴在光蔼中，一时全成了静物图案；再有红蕊细枝点缀几处，室内更是轻香浮溢，叫人俯仰全触到一种灵性。

这种说法怕有点会发生误会，我并不说这片阳光射入室内，需要笔砚花香那些儒雅的托衬才能动人，我的意思倒是：室内顶寻常的一些供设，只要一片阳光这样又幽娴又洒脱地落在上面，一切都会带上另一种动人的气息。

这里要说到我最初认识的一片阳光。那年我六岁，记得是刚刚出了水珠以后——水珠即寻常水痘，不过我家乡的话叫它做水珠。当时我很喜欢那美丽的名字，忘却它是一种病，因而也觉到一种神秘的骄傲。只要人过我窗口问问出"水珠"么？我就感到一种荣耀。那个感觉至今还印在脑子里。也为这个缘故，我还记得病中奢侈的愉悦心境。虽然同其他多次的害病一样，那次我仍然是孤独的被囚禁在一间房屋里休养的。那是我们老宅子里最后的一进房子；白粉墙围着小小院子，北面一排三间，当中夹着一个开敞的厅堂。我病在东头娘的卧室里。西头是婶婶的住房。娘同婶永远要在祖母的前院里行使她们女人们的职务的，于是我常是这三间房屋惟一留守的主人。

在那三间屋子里病着，那经验是难堪的。时间过得特别慢，尤其是在日中毫无睡意的时候。起初，我仅集注我的听觉在各种似脚步，又不似脚步的上面。猜想着，等候着，希望着人来。间或听听隔墙各种琐碎的声音，由墙基底下传达出来又消敛了去。过一会，我就不耐烦了——不记得是怎样的，我就趿着鞋，捱着木床走到房门边。房门向着厅堂斜斜地开着一扇，我便扶着门框好奇地向外探望。

那时大概刚是午后两点钟光景，一张刚开过饭的八仙桌，异常寂寞地立在当中。桌下一片由厅口处射进来的阳光，泄泄融融地倒在那里。一个绝对悄寂的周围伴着这一片无声的金色的晶莹，不知为什么，忽使我六岁孩子的心里起了一次极不平常的振荡。

那里并没有几案花香，美术的布置，只是一张极寻常的八仙桌。如果我的记忆没有错，那上面在不多时间以前，是刚陈列过咸鱼、酱菜一类极寻常俭朴的午餐的。小孩子的心却呆了。或许两只眼睛倒张大一点，四处地望，似乎在寻觅一个问题的答案。为什么那片阳光美得那样动人？我记得我爬到房内窗前的桌子上坐着，有意无意地望望窗外，院里粉墙疏影同室内那片金色和煦绝然不同趣味。顺便我翻开手边娘梳妆用的旧式镜箱，又上下摇动那小排状抽屉，同那刻成花篮形小铜坠子，不时听雀跃过枝清脆的鸟语。心里却仍为那片阳光隐着一片模糊的疑问。

时间经过二十多年，直到今天，又是这样一泄阳光，一片不可捉摸，不可思议流动的而又恬静的瑰宝，我才明白我那问题是永远没有答案的。事实上仅是如此：一张孤独的桌，一角寂寞的厅堂。一只灵巧的镜箱，或窗外断续的鸟语，和水珠——那美丽小孩子的病名——便凑巧永远同初春静沉的阳光整整复斜斜地成了我回忆中极自然的联想。

江南的冬景

郁达夫

　　凡在北国过过冬天的人，总都道围炉煮茗，或吃煊羊肉，剥花生米，饮白干的滋味。而有地炉，暖炕等设备的人家，不管它门外面是雪深几尺，或风大若雷，而躲在屋里过活的两三个月的生活，却是一年之中最有劲的一段蛰居异境；老年人不必说，就是顶喜欢活动的小孩子们，总也是个个在怀恋的，因为当这中间，有的萝卜，雅儿梨等水果的闲食，还有大年夜，正月初一、元宵等热闹的节期。

　　但在江南，可又不同：冬至过后，大江以南的树叶，也不至于脱尽。寒风——西北风——间或吹来，至多也不过冷了一日两日。到得灰云扫尽，落叶满街，晨霜白得像黑女脸上的脂粉似的清早，太阳一上屋檐，鸟雀便又在吱叫，泥地里便又放出水蒸气来，老翁小孩就又可以上门前的隙地里去坐着曝背谈天，营屋外的生涯了；这一种江南的冬景，岂不也可爱得很么？

我生长江南，儿时所受的江南冬日的印象，铭刻特深；虽则渐入中年，又爱上了晚秋，以为秋天正是读读书，写写字的人的最惠节季，但对于江南的冬景，总觉得是可以抵得过北方夏夜的一种特殊情调，说得摩登些，便是一种明朗的情调。

我也曾到过闽粤，在那里过冬天，和暖原极和暖，有时候到了阴历的年边，说不定还不得不拿出纱衫来着；走过野人的篱落，更还看得见许多杂七杂八的秋花！一番阵雨雷鸣过后，凉冷一点，至多也只好换上一件夹衣，在闽粤之间，皮袍棉袄是绝对用不着的！这一种极南的气候异状，并不是我所说的江南的冬景，只能叫它作南国的长春，是春或秋的延长。

江南的地质丰腴而润泽，所以含得住热气，养得住植物；因而长江一带，芦花可以到冬至而不败，红叶也有时候会保持得三个月以上的生命。像钱塘江两岸的乌桕树，则红叶落后，还有雪白的桕子着在枝头，一点一丛，用照相机照将出来，可以乱梅花之真。草色顶多成了赭色，根边总带点绿意，非但野火烧不尽，就是寒风也吹不倒的。若遇到风和日暖的午后，你一个人肯上冬郊去走走，则青天碧落之下，你不但感不到岁时的肃杀，并且还可以饱觉着一种莫名其妙的含蓄在那里的生气："若是冬天来了，春天也总马上会来"的诗人的名句，只有在江南的山野里，最容易体会得出。

说起了寒郊的散步，实在是江南的冬日，所给与江南居住者的一种特异的恩惠；在北方的冰天雪地里生长的人，是终他的一生，也决不会有享受这一种清福的机会的。我不知道德国的冬天，比起我们江浙来如何，但从许多作家的喜欢以 Spaziergang（德语，散步之意）一字来做他们的创造题目的一点看来，大约是德国南部地方，四季的变迁，总也和我们的江南差仿不多。譬如说十九世纪的那位乡土诗人洛在格（Peter Rosegger，1843—1918）罢，他用这一个"散步"做题目的文章尤其写得多，而所写的情形，却又是大半可以拿到中国江浙的山区地方来适用的。

江南河港交流，且又地滨大海，湖沼特多，故空气里时含水分；到得冬天，不时也会下着微雨，而这微雨寒村里的冬霖景象，又是一种说不出的悠闲境界。你试想想，秋收过后，河流边三五家人家会聚在一道的一个小村子里，门对长桥，窗临远阜，这中间又多是树枝槎丫的杂木树林；在这一幅冬日农村的图上，再洒上一层细得同粉也似的白雨，加上一层淡得几不成墨的背景，你说还够不够悠闲？若再要点景致进去，则门前可以泊一只乌篷小船，茅屋里可以添几个喧哗的酒客，天垂暮了，还可以加一味红黄，在茅屋窗中画上一圈暗示着灯光的月晕。人到了这一个境界，自然会得胸襟洒脱起来，终至于得失俱亡，死生不同了：我们总该还记得唐朝那位诗人做的"暮雨潇潇江上村"的一首绝句罢？诗人到此，连对绿林豪客都客气起来了，这不是江南冬景的迷人又是什么？

一提到雨，也就必然的要想到雪："晚来天欲雪，能饮一杯无？"自然是江南日暮的雪景。"寒沙梅影路，微雪酒香村"，则雪月梅的冬宵三友，会合在一道，在调戏酒姑娘了。"柴门村犬吠，风雪夜归人"，是江南雪夜，更深人静后的景况。"前树深雪里，昨夜一枝开"又到了第二天的早晨，和狗一样喜欢弄雪的村童来报告村景了。诗人的诗句，也许不尽是在江南所写，而做这几句诗的诗人，也许不尽是江南人，但假了这几句诗来描写江南的雪景，岂不直截了当，比我这一枝愚劣的笔所写的散文更美丽得多？

有几年，在江南，在江南也许会没有雨没有雪的过一个冬，到了春间阴历的正月底或二月初再冷一冷下一点春雪的；去年（1934）的冬天是如此，今年的冬天恐怕也不得不然，以节气推算起来，大约大冷的日子，将在 1936 年的 2 月尽头，最多也总不过是七八天的样子。像这样的冬天，乡下人叫作旱冬，对于麦的收成或者好些，但是人口却要受到损伤；旱得久了，白喉，流行性感冒等疾病自然容易上身，可是想恣意享受江南的冬景的人，在这一种冬天，倒只会得到快活一点，因为晴和的日子多了，上郊外去闲步逍遥的机会自然也多；日本人叫作 Hiking（远足之意），德国人叫作 Spaziergang 狂者，所最欢迎的也就是这样的冬天。

窗外的天气晴朗得像晚秋一样：晴空的高爽，日光的洋溢，引诱得使你在房间里坐不住，空言不如实践，这一种无聊的杂文，我也不再想写下去了，还是拿起手杖，搁下纸笔，上湖上散散步罢！

故乡的杨梅

鲁 彦

过完了长期的蛰伏生活，眼看着新黄嫩绿的春天爬上了枯枝，正欣喜着想跑到大自然的怀中，发泄胸中的郁抑，却忽然病了。

唉，忽然病了。

我这粗壮的躯壳，不知道经过了多少炎夏和严冬，被轮船和火车抛掷过多少次海角与天涯，尝受过多少辛劳与艰苦，从来不知道颤栗或疲倦的呵，现在却呆木地躺在床上，不能随意的转侧了。

尤其是这躯壳内的这一颗心。它历年可是铁一样的。对着眼前的艰苦,它不会畏缩;对着未来的憧憬,它不肯绝望;对着过去的痛苦,它不愿回忆的呵,然而现在,它却尽管凄凉地往复的想了。

唉,唉,可悲呵,这病着的躯壳的病着的心。

尤其是对着这细雨连绵的春天。

这雨,落在西北,可不全像江南的故乡的雨吗?细细的,丝一样,若断若续的。

故乡的雨,故乡的天,故乡的山河和田野……还有那蔚蓝中衬着整齐的金黄的菜花的春天,藤黄的稻穗带着可爱的气息的夏天,蟋蟀和纺织娘们在濡湿的草中唱着诗的秋天,小船吱吱地触着沉默的薄冰的冬天……还有那熟识的道路,还有那亲密的故居……

不,不,我不想这些,我现在不能回去,而且是病着,我得让我的心平静;恢复我过去的铁一般的坚硬,告诉自己:这雨是落在西北,不是故乡的雨——而且不像春天的雨,却像夏天的雨。

不要那样想吧,我的可怜的心呵,我的头正像夏天的烈日下的汽油缸，将要炸裂了，我的嘴唇正干燥得将要迸出火花来了呢。让这夏天的雨来压下我头部的炎热，让……让……

唉，唉，就说是故乡的杨梅吧……它正是在类似这样的雨天成熟的呵。

故乡的食物，我没有比这更喜欢的了。倘若我爱故乡，不如就说我完全是爱的这叫做杨梅的果子吧。

呵，相思的杨梅！它有着多么惊异的形状，多么可爱的颜色，多么甜美的滋味呀。

它是圆的，和大的龙眼一样大小，远看并不稀奇，拿到手里，原来它是满身生着刺的哩。这并非是它的壳，这就是它的肉。不知道的人，一定以为这满身生着刺的果子是不能进口的了，否则也须用什么刀子削去那刺的尖端的吧？然而这是过虑。它原来是希望人家爱它吃它的。只要等它渐渐长熟，它的刺也渐渐软了，平了。那时放到嘴里，软滑之外还带着什么感觉呢？没有人能想得到，它还保存着它的特点，每一根刺平滑地在舌尖上触了过去，细腻柔软而且亲切——这好比最甜蜜的吻，使人迷醉呵。

颜色更可爱呢。它最先是淡红的，像娇嫩的婴儿的面颊，随后变成了深红，像是处女的害羞，最后黑红了——
不，我们说它是黑的。然而它并不是黑，也不是黑红，原
来是红的。太红了，所以像是黑。轻轻的啄开它，我们就
看见了那新鲜红嫩的内部，同时我们已染上了一嘴的红水。
说他新鲜红嫩，有的人也许以为一定像贵妃的肉色似的荔
枝吧？嗳，那就错了。荔枝的光色是呆板的，像玻璃，像
鱼目；杨梅的光色却是生动的，像映着朝霞的露水呢。

滋味吗？没有十分成熟是酸带甜，成熟了便单是甜。
这甜味可决不使人讨厌，不但爱吃甜味的人尝了一下舍不
得丢掉，就连不爱吃甜味的人也会完全给它吸引住，越吃
越爱吃。它是甜的，然而又依然是酸的，而这酸味，我们
须待吃饱了杨梅以后，再吃别的东西的时候，才能领会得
到。那时我们才知道自己的牙齿酸了，软了，连豆腐也咬
不下了，于是我们才恍然悟到刚才吃多了酸的杨梅。我们
知道这个，然而我们仍然爱它，我们仍须吃一个大饱。它
真是世上最迷人的东西。

唉，唉，故乡的杨梅呵。

细雨如丝的时节，人家把它一船一船的载来，一担一
担的挑来，我们一篮一篮的买了进来，挂一篮在檐口下，
放一篮在水缸盖上，倒上一脸盆，用冷水一洗，一颗一颗

的放进嘴里，一面还没有吃了，一面又早已从脸盆里拿起了一颗，一口气吃了一二十颗，有时来不及把它的核一一吐出来，便一直吞进了肚里。

"生了虫呢……蛇吃过了呢……"母亲看见我们吃得快，吃得多，便这样的说了起来，要我们仔细的看一看，多多的洗一番。

但我们并不管这些，它成了我们的生命，我们越吃越快了。

"好吃，好吃！"我们心里这样想着，嘴里却没有余暇说话。待肚子胀上加胀，胀上加胀，眼看着一脸盆的杨梅吃得一颗也不留，这才呆笨地挺着肚子，走了开去，叹气似的嘘出一声"咳"来……

唉，可爱的故乡的杨梅呵。

一年，二年……我已有十六七年不曾尝到它的滋味了。偶尔回到故乡，不是在严寒的冬天，便是在酷热的夏天，或者杨梅还未成熟，或者杨梅已经落完了。这中间，曾经有两次，在异地见到过杨梅，比故乡的小，比故乡的酸，颜色又不及故乡的红。我想回味过去，把它买了许多来。

"长在树上，有虫爬过，有蛇吃过呢……"

我现在成了大人，有了知识，爱惜自己的生命甚于杨梅了。我用沸滚的开水去细细的洗杨梅，觉得还不够消除那上面的微菌似的。

于是它不但更不像故乡的，简直不是杨梅了。我只尝了一二颗，便不再吃下去。

最后一次我终于在离故乡不远的地方见到了可爱的故乡的杨梅。

然而又因为我成了大人，有了知识，爱惜自己的生命甚于杨梅，偶然发现一条小虫，也就拒绝了回味的欢愉。

现在我的味觉也显然改变了，即使回到故乡，遇到细雨如丝的杨梅时节，即使并不害怕从前的那种吃法，我的舌头应该感觉不出从前的那种美味了，我的牙齿应该不能像从前似的能够容忍那酸性了。

唉，故乡离开我愈远了。

我们中间横着许多鸿沟。那不是千万里的山河的阻隔，那是……

　　唉，唉，我到底病了。我为什么要想到这些呢？

　　看呵，这眼前的如丝的细雨，不是若断若续的落在西北的春天里吗？

闲情雅趣

假如，你嫌这样的光太朴素了些，那你就在墙边种上一行疏竹。有风，你可以欣赏它婆娑的舞容；有月，窗上迷离的是潇潇的竹影；有雨，它给你平添一番清凄；有雪，那素洁，那清劲，确是你清寂中的佳友。

食味杂记

鲁　彦

　　如其他的宁波人一般，我们家里每当十一二月间也要做一石左右米的点心，磨几斗糯米的汤果。所谓点心，就是有些地方的年糕，不过在我们那里还包括着形式略异的薄饼厚饼、元宝等等。汤果则和汤团（有些地方叫做元宵团）完全是一类的东西，所差的是汤果只如钮子那样大小而且没有馅子。点心和汤果做成后，我们几乎天天要煮着当饭吃。我们一家人都非常地喜欢这两种东西，正如其他的宁波人一般。

　　母亲姐姐妹妹和我都喜欢吃咸的东西。我们总是用菜煮点心和汤果。但父亲的口味恰和我们的相反，他喜欢吃甜的东西。我们每年盼望父亲回家过年，只是要煮点心和汤果吃时，父亲若在家里便有点为难了。父亲吃咸的东西正如我们吃甜的东西一般，一样的咽不下去。我们两方面都难以迁就。母亲是最要省钱的，到了这时也只有甜的和咸的各煮一锅。照普遍的宁波人的俗例，正月初一必须吃一天甜汤果，因此欢天喜地的元旦在我们是一个磨难的日子，我们常常私自谈起，都有点怪祖宗不该创下这种规例。腻滑滑的甜汤果，我们勉强而又勉强的还吃不下一碗，父亲却能吃三四碗。我们对于父亲的嗜好都觉得奇怪、神秘。"甜的东西是没有一点味的。"我每每对父亲说。

二十几年来，我不仅不喜欢吃甜的东西，而且看见甜的（糖却是例外）还害怕，而至于厌憎。去年珊妹给我的信中有一句"蜜钱一般甜的……"竟忽然引起了我的趣味，觉得甜的滋味中还有令人魂飞的诗意，不能不去探索一下。因此遇到甜的东西，每每捐除了成见，带着几分好奇心去尝试。直到现在，我的舌头仿佛和以前不同了。它并不觉得甜的没有味，在甜的和咸的东西在面前时，它都要吃一点。"甜的东西是没有一点味的。"这句话我现在不说了。

从前在家里，梅还没有成熟的时候，母亲是不许我去买来吃的，因为太酸了。但明买不能，偷买却还做得到。

我非常爱吃酸的东西，我觉得梅熟了反而没有味，梅的美味即在未成熟的时候。故乡的杨梅甜中带酸，在果类中算最美味的，我每每吃得牙齿不能吃饭。大概就是因为吃酸的果品吃惯了，近几年来在吃饭的时候，总是想把任何菜浸在醋中吃。有一年在南京，几乎每餐要一二碗醋。不仅浸菜吃，竟喝着下饭了。朋友们都有点惊骇，他们觉得这是一种古怪的嗜好，仿佛背后有神的力一般。但这在我是再平常也没有的事情了。醋是一种美味的东西，绝不是使人害怕的东西，在我觉得。

　　许多人以为浙江人都不会吃辣椒，这却不对。据我所知，三江一带的地方，出辣椒的很多，会吃辣椒的人也很多。至于宁波，确是不大容易得到辣椒，宁波人除了少数在外地久住的人外，差不多都不会吃辣椒。辣椒在我们那边的乡间只是一种玩赏品。人家多把它种在小小的花盆里，和鸡冠花、满堂红之类排列在一处，欣赏辣椒由青色变成红色。那里的种类很少，大一点的非常不易得到，普通多是一种圆形的像钮子般大小的所谓钮子辣茄（宁波人喊辣椒为辣茄），但这一种也还并不多见。我年幼时不晓得辣椒是可以吃的东西，只晓得它很辣，除了玩赏之外还可以欺侮新娘子或新女婿。谁家的花轿进了门，常常便有许多孩子拿了羊尾巴或辣椒伸手到轿内去，往新娘子的嘴上抹。新女婿第一次到岳家时，年青的男女常常串通了厨子，暗地里在他的饭内拌一点辣椒，看他辣得皱上眉毛，张着口，胥胥地响着，大家就哄然笑了起来。我自在北方吃惯了辣椒，去年回到家里要买一点吃吃便感到非常的苦恼。好容易从城里买了一篮（据说城里有辣椒出卖还是最近几年的事），味道却如青菜一般一点也不辣。邻居听说我能吃辣椒，都当做一种新闻传说。平常一提到我，总要连带的提到辣椒。他们似乎把我当做一个外地人看待。他们看见我吃辣椒，便要发笑。我从他们眼光中发觉到他们的脑中存着"他是夷狄之邦的人"的意思。

南方人到北方来最怕的是北方人口中的大蒜臭。然而这臭在北方人却是一种极可爱的香气。

在南方人闻了要呕，在北方人闻了大概比仁丹还能提神。我以前在北京好几处看见有人在吃茶时从衣袋里摸出一包生大蒜头，也同别人一样地奇怪，一样的害怕。但后来吃了几次，觉得这味道实在比辣椒好得多，吃了大蒜以后还有一种后味和香气久久地留在口中。今年端午节吃粽子，甚至用它拌着吃了。"大蒜是臭的"这句话，从此离开了我的嘴巴。

宁波人腌菜和湖南人不同。湖南人多是把菜晒干了切碎，装入坛里，用草和篾片塞住了坛口，把坛倒竖在一只盛少许清水的小缸里。这样，空气不易进去，坛中的菜放一年两年也不易腐败，只要你常常调换小缸里的清水。宁波人腌菜多是把菜洗净，塞入坛内，撒上盐，倒入水，让它浸着。这样做法，在一礼拜至两月中咸菜的味道确是极其鲜嫩，但日子久了，它就要慢慢地腐败，腐败得臭不堪闻，而至于坛中拥浮着无数的虫。然而宁波人到了这时不但不肯弃掉，反而比才腌的更喜欢吃了。有许多乡下人家的陈咸菜一直吃到新咸菜可吃时还有。这原因除了节钱之外，还有一个原因是为的越臭越好吃。还有一种为宁波人所最喜欢吃的是所谓"臭苋菜股"。这是用苋菜的干腌菜似的做成的。它的腐败比咸菜容易，其臭气也比咸菜来得厉害。他们常常把这种已臭的汤倒一点到未臭的咸菜里去，使这未臭的咸菜也赶快地臭起来。有时煮什么菜，他们也加上一两碗臭汤。有的人闻到了邻居的臭汤气，心里就非常地神往；若是在谁家讨得了一碗，便千谢万谢，如得到了宝贝一般。我在北方住久了，不常吃鱼，去年回到家里一闻到鱼的腥气就要呕吐，惟几年没有吃臭咸菜和臭苋菜股，见了却还一如从前那么的喜欢。在我觉得这种臭气中分明有比芝兰还香的气息，有比肥肉鲜鱼还美的味道。然而和外省人谈话中偶尔提及，他们就要掩鼻而走了，仿佛这臭食物不是人类所该吃的一般。

蝉与纺织娘

郑振铎

　　你如果有福气独自坐在窗内，静悄悄的没一个人来打扰你，一点钟，两点钟的过去，嘴里衔着一支烟，躺在沙发上慢慢的喷着烟云，看它一白圈一白圈的升上，那末在这静境之内，你便可以听到那墙角阶前的鸣虫的奏乐。

　　那鸣虫的作响，真不是凡响；如果你曾听见过曼杜令的低奏，你曾听见过一支洞箫在月下湖上独吹着；你曾听见过红楼的重幔中透漏出的弦管声，你曾听见过流水淙淙的由溪石间流过，或你曾倚在山阁上听着飒飒的松风在足下拂过，那末，你便可以把那如何清幽的鸣虫之叫声想象到一二了。

虫之乐队，因季候的关系而颇有不同，夏天与秋令的虫声，便是截然的两样。蝉之声是高旷的，享乐的，带着自己满足之意的；它高高的栖在梧桐树或竹枝上，迎风而唱，那是生之歌，生之盛年之歌，那是结婚曲，那是中世纪武士美人的大宴时的行吟诗人之歌。无论听了那叽——叽——的曼长声，或叽格——叽格——的较短声，都可同样的受到一种轻快的美感。秋虫的鸣声最复杂。但无论纺织娘的咭嘎，蟋蟀的唧唧，金铃子之叮令，还有无数无数不可名状的秋虫之鸣声，其音调之凄抑却都是一样的；它们唱的是秋之歌，是暮年之歌，是薤露之曲。它们的歌声，是如秋风之扫落叶，怨妇之奏琵琶，孤峭而幽奇，清远而凄迷，低徊而愁肠百结。你如果是一个孤客，独宿于荒郊逆旅，一盏荧荧的油灯，对着一张板床，一张木桌，一二张硬板凳，再一听见四壁唧唧知知的虫声间作，那你今夜便不用再想稳稳的安睡了，什么愁情，乡思，以及人生之悲感，都会一串串的从根儿勾引起来，在你心上翻来覆去，如白老鼠在戏笼中走轮盘一般，一上去便不用想下来憩息。如果你不是一个客人，你有家庭，你有很好的太太，你并没有什么闲愁胡想，那末，在你太太已睡之后，你想在书房中静静的写些东西时，这唧唧的秋虫之声却也会无端的窜入你的心里，翻掘起你向不曾有过的一种凄感呢。如果那一夜是一个月夜，天井里统是银白色，枯秃的树影，一根一条的很清朗的印在地上，那末你的感触将更深了。那也许就是所谓悲秋。

秋虫之声，大都在蝉之夏曲已告终之后出现，那正与气候之寒暖相应。但我却有一次奇异的经验：在无数的纺织娘之鸣声已来了之后，却又听得满耳的蝉声。我想我们的读者中有这种经验的人是必不多的。

我在山中，每天听见的只有蝉声，鸟声还比不上。那时天气是很热，即在山上，也觉得并不凉爽。正午的时候，躺在廊前的藤榻上，要求一点的凉风，却见满山的竹树梢头，一动也不动，看看足底下的花草，也都静静的站着，如老僧入了定似的。风扇之类既得不到，只好不断的用手巾来拭汗，不断的在摇挥那纸扇了。在这时候，往往有几缕的蝉声在槛外鸣奏着。闭了目，静静的听了它们在忽高忽低，忽断忽续，此唱彼和，仿佛是一大阵绝清幽的乐队在那里奏着绝清幽的曲子，炎热似乎也减少了，然后，朦胧的朦胧的睡去了，什么都不觉得。良久，良久，清梦醒来时，却又是满耳的蝉声。山中的蝉真多！绝早的清晨，老妈子们和小孩子们常去抱着竹竿乱摇一阵，而一只二只的蝉便要跟随了朝露而落到地上了。每一个早晨，在我们滴翠轩的左近，至少是百只以上之蝉是这样的被捉。但蝉声却并不减少。

常常的，一只蝉两只蝉，叽的一声，飞入房内，如平时我们所见的青油虫及灯蛾之飞入一样。这也是必定被人所捉的。有一天，见有什么东西在槛外倒水的铅斗中咯笃咯笃的作响，俯身到槛外一看，却又是一只蝉，这当然又是一个俘虏了。还有好几次，在山脊上走时，忽见矮林丛中有什么东西在动，拨开林丛一看，却也是一只蝉。它是被竹枝竹叶挡阻住了不能飞去。我把它拾在手中。同行的心南先生说："这有什么稀奇，放走了它吧。要多少还怕没有！"我便顺手把它向风中一送，它悠悠扬扬的飞去很远很远，渐渐的不见了。我想不到这只蝉就是刚才在地上拾了来的那一只！

初到时，颇想把它们捉几个寄上海去送送人。有一次，便托了老妈子去捉。她在第二天一早，果然捉了五六只来放在一个大香烟纸盒中，不料给依真一见，她却吵着，带强迫的要去。我又托那个老妈子去捉。第二天，又捉了四五只来，依真的纸盒中却只剩下两只活的，其余的都死了。到了晚上，我的几只，也死了一半。因此，寄到上海的计划遂根本的打消了。从此以后，便也不再托人去捉，自己偶然捉来的，也都随手的放去了。那样不经久的东西，留下了它干什么用！不过孩子们却还热心的去捉。依真每天要捉至少三只以上，用细绳子缚在铁杆上。有一次，曾有一只蝉居然带了红绳子逃去了；很长的一根红绳子，拖在它后面，在风中飘荡着，很有趣味。

半个月过去了；有的时候，似乎蝉声略少，第二天却又多了起来。虽然是叽——叽——的不息的鸣着，却并不觉喧扰；所以大家都不讨厌它们。我却特别的爱听它们的歌唱，那样的高旷清远的调子，在什么音乐会中可以听得到！所以我每以蝉声将绝为虑，时时的干涉孩子们的捕捉。

到了一夜，狂风大作，雨点如从水龙头上喷出似的，向槛内廊上倾倒。第二天还不放晴。再过一天，晴了，天气却很凉，蝉声乃不再听见了！全山上在鸣唱着的却换了一种咭嘎——咭嘎——的急促而凄楚的调子，那是纺织娘。

"秋天到了。"我这样的说着，颇动了归心。

再一天，纺织娘还是咭嘎咭嘎的唱着。

然而，第三天早晨，当太阳晒得满山时，蝉声却又听见了！且很不少。我初听不信：叽——叽——叽格——叽格——那确是蝉声！纺织娘之声却又潜踪了。

蝉回来了，跟它回来的是炎夏。从箱中取出的棉衣又复放入箱中。下山之计遂又打消了。

　　谁曾于听了纺织娘歌声之后再听见蝉的夏曲呢？这是我的一个有趣的经验。

胡同

朱湘

　　我曾经向子惠说过，词不仅本身有高度的美，就是它的牌名，都精巧之至。即如《渡江云》《荷叶杯》《摸鱼儿》《真珠帘》《眼儿媚》《好事近》这些词牌名，一个就是一首好词。我常时翻开词集，并不读它，只是拿着这些词牌名慢慢的咀嚼。那时我所得的乐趣，真不下似读绝句或是嚼橄榄。京中胡同的名称，与词牌名一样，也常时在寥寥的两三字里面，充满了色彩与暗示，好像龙头井、骑河楼等等名字，它们的美是毫不差似《夜行船》《恋绣衾》等等词牌名的。

胡同是獬侗的省写。据文字学者说，是与上海的弄一同源自巷字。元人李好古作的《张生煮海》一曲之内，曾经提到羊市角头砖塔儿獬侗，这两个字入文，恐怕要算此曲最早了。各胡同中，最为国人所知的，要算八大胡同；这与唐代长安的北里，清末上海的四马路的出名，是一个道理。

京中的胡同有一点最引人注意，这便是名称的重复：口袋胡同、苏州胡同、梯子胡同、马神庙、弓弦胡同，到处都是，与王麻子、乐家老铺之多一样，令初来京中的人，极其感到不便。然而等我们知道了口袋胡同是此路不通的死胡同，与"闷葫芦瓜儿""蒙福禄馆"是一件东西；苏州胡同是京人替住有南方人不管他们的籍贯是杭州或是无锡的街巷取的名字；弓弦胡同是与弓背胡同相对而定的象形的名称；以后我们便会觉得这些名字是多么有色彩，是多么胜似纽约的那些单调的什么 Fifth Avenue, Fourteenth Street，以及上海的侮辱我国的按通商五口取名的什么南京路、九江路。那时候就是被全国中最稳最快的京中人力车夫说一句："先儿，你多给两子儿"，也是得偿所失的。尤其是苏州胡同一名，它的暗示力极大。因为在当初，交通不便的时候，南方人很少来京，除去举子；并且很少住京，除去京官。南边话同京白又相差的那般远，也难怪那些生于斯、卒于斯、眼里只有北京、耳里只有北京的居民，将他们聚居的胡同，定名为苏州胡同了。（苏州的土白，是南边话中最特彩的；女子是全国中最柔媚的。）梯子胡同之多，可以看出当初有许多房屋是因山而筑，那街道看去是如梯子似的。京中有很多的马神庙，也可令我们深思，何以龙王庙不多，偏多马神庙呢？何以北京有这么多马神庙，南京却一个也不见呢？南人乘舟，北人乘马，我们记得北京是元代的都城，那铁蹄直踏进中欧的鞑靼，正是修建这些庙宇的人呢？燕昭王为骏骨筑黄金台，那可以说是京中的第一座马神庙了。

京中的胡同有许多以井得名。如上文提及的龙头井以及甜水井、苦水井、二眼井、三眼井、四眼井、井儿胡同、南井胡同、北井胡同、高井胡同、王府井等等，这是因为北方水份稀少，煮饭、烹茶、洗衣、沐面，水的用途又极大，所以当时的人，用了很笨缓的方法，凿出了一口井之后，他们的快乐是不可言状的，于是以井名街，纪念成功。

胡同的名称，不特暗示出京人的生活与想象，还有取灯胡同、妞妞房等类的胡同。不懂京话的人，是不知何所取意的。并且指点出京城的沿革与区分：羊市、猪市、骡马市、驴市、礼士胡同、菜市、缸瓦市，这些街名之内，除去猪市尚存旧意之外，其余的都已改头换面，只能让后来者凭了一些虚名来悬拟当初这几处地方的情形了。户部街、太仆寺街、兵马司、缎司、銮舆卫、织机卫、细砖厂、箭厂，谁看到了这些名字，能不联想起那辉煌的过去，而感觉一种超现实的兴趣？黄龙瓦、朱垩墙的皇城，如今已将拆毁尽了。将来的人，只好凭了皇城根这一类的街名，来揣想那内城之内、禁城之外的一圈皇城的位置罢？那丹青照耀的两座单牌楼呢？那形影深嵌在我童年想象中的壮伟的牌楼呢？它们那里去了？看看那驼背龟皮的四牌楼，它们手拄着拐杖，身躯不支的，不久也要追随早夭的兄弟于地下了！

　　破坏的风沙，卷过这全个古都，甚至不与人争韬声匿影如街名的物件，都不能免于此厄。那富于暗示力的劈柴胡同，被改作辟才胡同了；那有传说作背景的烂面胡同，被改作澜缦胡同了；那地方色彩浓厚的蝎子庙，被改作协资庙了。没有一个不是由新奇降为平庸，由优美流为劣下。狗尾巴胡同改作高义伯胡同，鬼门关改作贵人关，勾阑胡同改作钩帘胡同，大脚胡同改作达教胡同：这些说不定都是巷内居者要改的，然而他们也未免太不达教了。阮大铖在南京的裤裆巷，伦敦的 Botten Row 为贵族所居之街，都不曾听说他们要改街名，难道能达观的只有古人与西人吗？内丰的人外啬一点，并无轻重。司马相如是一代的文人，他的小名却叫犬子。《子不语》书中说，当时有狗氏兄弟中举。庄子自己愿意为龟。颐和园中慈禧后居住的乐寿堂前立有龟石。古人的达观，真是值得深思的。

春 雨

梁遇春

　　整天的春雨，接着是整天的春阴，这真是世上最愉快的事情了。我向来厌恶晴朗的日子，尤其是骄阳的春天；在这个悲惨的地球上忽然来了这么一个欣欢的气象，简直像无聊赖的主人宴饮生客时拿出来的那副古怪笑脸，完全显出宇宙里的白痴成分。在所谓大好的春光之下，人们都到公园大街或者名胜地方去招摇过市，像猩猩那样嘻嘻笑着，真是得意忘形，弄到变成为四不像了。可是阴霾四布或者急雨滂沱的时候，就是最沾沾自喜的财主也会感到苦闷，因此也略带了一些人的气味，不像好天气时候那样望着阳光，盛气凌人地大踏步走着，颇有上帝在上，我得其所的意思。至于懂得人世哀怨的人们，黯淡的日子可说是他们唯一光荣的时光。穹苍替他们流泪，乌云替他们皱眉，他们觉到四围都是同情的空气，仿佛一个堕落的女子躺在母亲怀中，看见慈母一滴滴的热泪溅到自己的泪痕，真是润遍了枯萎的心田。斗室中默坐着，忆念十载相违的密友，已经走去的情人，想起生平种种的坎坷，一身经历的苦楚，倾听窗外檐前凄清的滴沥，仰观波涛浪涌，似无止期的雨云，这时一切的荆棘都化做洁净的白莲花了，好比中古时代那班圣者被残杀后所显的神迹。"最难风雨故人来"，阴森森的天气使我们更感到人世温情的可爱，替从苦雨凄风中来的朋友倒上一杯热茶时候，我们很有放下屠刀，立地成佛的心境。"风雨如晦，鸡鸣不已。"人类真是只有从悲哀里滚出来才能得到解脱，千锤百炼，腰间才有这一把明晃晃的钢刀，"今日把示君，谁为不平事"。"山雨欲来风满楼"，这很可以象征我们孑立人间，尝尽辛酸，远望来日大难的气概，真好像思乡的客子拍着栏杆，看到郭外的牛羊，想起故里的田园，怀念着宿草新坟里当年的竹马之交，泪眼里仿佛模糊辨出龙钟的父老蹒跚走着，或者只瞧见几根靠在破壁上的拐杖的影子。所谓生活术恐怕就在于怎么样当这么一个临风的征人吧。无论是风雨横来，无论是澄江一练，始终好像惦记着一个花一般的家乡，那可说就是生平理想的结晶，蕴在心头的诗情，也就是明哲保身的最后壁垒了；可是同时还能够认清眼底的江山，把住自己的步骤，不管这个异地的人们是多么残酷，不管这个他乡的水土是多么不惯，却能够清瘦地站着，戛戛然好似狂风中的老树。能够忍受，却没有麻木，能够多情，却不流于感伤，仿佛楼前的春雨，悄悄下着，遮住耀目的阳光，却滋润了百草同千花。檐前的燕子躲在巢中，对着如丝如梦的细雨呢喃，真有点像也向我道出此中的消息。

可是春雨有时也凶猛得可以，风驰电掣，从高山倾泻下来也似的，万紫千红，都付诸流水，看起来好像是煞风景的，也许是别有怀抱吧。生平性急，一二知交常常焦急万分地苦口劝我，可是暗室扪心，自信绝不是追逐事功的人，不过对于纷纷扰扰的劳生却常感到厌倦，所谓性急无非是疲累的反响吧。有时我却极有耐心，好像废殿上的玻璃瓦，一任他风吹雨打，霜蚀日晒，总是那样子痴痴地望着空旷的青天。我又好像能够在没字碑面前坐下，慢慢地去冥想这块石板的深意，简直是个蒲团已碎，呆然趺坐着的老僧，想赶快将世事了结，可以抽身到紫竹林中去逍遥，跟把世事撇在一边，大隐隐于市，就站在热闹场中来仰观天上的白云，这两种心境原来是不相矛盾的。我虽然还没有，而且绝不会跳出人海的波澜，但是拳拳之意自己也略知一二，大概摆动于焦躁与倦怠之间，总以无可奈何天为中心罢。所以我虽然爱濛濛茸茸的细雨，我也爱大刀阔斧的急雨，纷至沓来，洗去阳光，同时也洗去云雾，使我们想起也许此后永无风恬日美的光阴了，也许老是一阵一阵的暴雨，将人世哀乐的踪迹都漂到大海里去，白浪一翻，什么渣滓也看不出了。焦躁同倦怠的心境在此都得到涅槃的妙悟，整个世界就像客走后撤下筵席，洗得顶干净排在厨房架子上的杯盘。当个主妇的创造主看着大概也会微笑吧，觉得一天的工作总算告终了。最少我常常臆想这个还了本来面目的大地。

可是最妙的境界恐怕是尺牍里面那句滥调，所谓"春雨缠绵"吧。一连下了十几天的霉雨，好像再也不会晴了，可是时时刻刻都有晴朗的可能。有时天上现出一大片的澄蓝，雨脚也慢慢收束了，忽然间又重新点滴凄清起来，那种捉摸不到，万分别扭的神情真可以做这个哑谜一般的人生的象征。记得十几年前每当连朝春雨的时候，常常剪纸作和尚形状，把他倒贴在水缸旁边，意思是叫老天不要再下雨了，虽然看到院子里雨脚下一粒一粒新生的水泡我总觉到无限的欣欢，尤其当急急走过檐前，脖子上溅几滴雨水的时候。可是那时我对于春雨的情趣是不知不觉之间领略到的，并没有凝神去寻找，等到知道怎么样去欣赏恬适的雨声时候，我却老在干燥的此地做客，单是夏天回去，看看无聊的骤雨，过一过雨瘾罢了。因此"小楼一夜听春雨"的快乐当面错过，从我指尖上滑走了。盛年时候好梦无多，到现在彩云已散，一片白茫茫，生活不着边际，如堕五里雾中，对于春雨的怅惘只好算做内中的一小节吧，可是仿佛这一点很可以代表我整个的悲哀情绪。但是我始终喜欢冥想春雨，也许因为我对于自己的愁绪很有顾惜爱抚的意思；我常常把陶诗改过来，向自己说道："衣沾不足惜，但愿恨无违。"我会爱凝恨也似的缠绵春雨，大概也因为自己有这种的心境吧。

夏虫之什（节选）

缪崇群

楔　子

在这个火药弥天的伟大时代里，偶检破箧，忽然得到这篇旧作；稿纸已经黯黄，没头没尾，不知从何说起，也不知到何处为止，摩挲良久，颇有啼笑皆非之感。记得往年为宇宙之大和苍蝇之微的问题，曾经很热闹地讨论过一阵，不过早已事过境迁，现在提起来未免"夏虫语冰"，有点不识时务了。好在当今正是炎炎的夏日，对于俯拾即是的各种各样的虫子，爬的飞的叫的，都是夏之"时者"，就乐得在夏言夏，应应景物。即或有人说近乎赶集的味道，那好，也还是在赶呀。只是，童子雕虫篆刻，壮夫所不为罢了。

添上这么一个楔子，以下照抄。恐怕说不清道不明，就在每节后边添个名儿，庶免有人牵强附会当作谜猜，或怪作者影射是非云尔。

一

在小学和中学时代读过的博物科——后来改作自然和生物科了，我所得到的关于这方面的知识似乎太少了。也许因为人大起来了，对于这些知识反倒忘记，这里能写得出的一些虫子，好像还是在以前课本上所看到的一些图画，不然就是亲自和他们有过交涉的。

最不能磨灭的印象是我在小学《修身》或《国文》课里所读过的一篇文章。大意说，有一个孩子，居然在大庭广众之前，他辩证了人的存在是吃万物，还是蚊子的存在为着吃人的这个惊人的问题。从幼小的时候到成年，到今日，我不大看得起人果真是万物的灵的道理，和我从来也并不敢小视蚊虫的观念，大约都受了他的影响。

　　偶翻线装书，才知道我少小时候所读的那一课，是出于列子的《说符篇》。为着我谈虫有护符起见，就附带把它抄出：

　　　　"齐田氏祖于庭，食客千人，坐中有献鱼雁者，田氏视之，乃叹曰：

　　　　'天之于民，厚矣！殖五谷，生鱼鸟，以为之用。'众客和之如响。鲍氏之子年十二，预于次，进曰：

　　　　'不如君言，天地万物，与我并生类也，类无贵贱，徒以小大智力而相制，迭相食，非相为而生之。人取可食者而食之，岂天本为人生之？且蚊蚋噆肤，虎狼食肉，非天本为蚊蚋生人，虎狼生肉者哉！？'"

　　（人虫泛论）

二

　　红头大眼，披着金光闪烁的斗篷，里面衬一件苍点或浓绿的贴身袄，装束得颇有些类似武侠好汉，但是细细看他的模样，却多少带着些乡婆村姑气。

　　也算是一种证实的集团的动物了，除了我们不能理解的他们的呼声和高调之外，每个举止风度，都不失之为一个仪表堂堂的人物。

趋炎走势，视膻臭若家常便饭的本领，我们人类在他们之前将有愧色。向着光明的地方百折不回，硬碰头颅而无任何顾虑的这种精神，我们固然不及；至如一唱百和，飘然而来，飘然而去的态度，我们也将瞠乎其后的。

兢兢业业地，我从来不曾看见他们阖过一次眼，无时无刻不在磨拳擦掌地想励精图治的样子，偶尔难以两臂绕颈，作出闲散的姿式，但谁可以否认那不是埋头苦干挖空心机的意思。

遗憾的只是谁都对于他们的出身和居留地表示反感，甚至于轻蔑，漫骂，使他们永远诅咒着他们再也诅咒不尽的先天的缺陷。湮没了自身的一切，熙熙攘攘的度了一个短促的时季，死了，虽然也和人们一样的葬身于粪土之中。

人类的父母是父母，子弟是子弟，父母的父母是祖先——而他们的祖先是蛆虫，他们的后人也是蛆虫，这显然不同的原因，大约就是人类会穿衣吃饭，肚子饱了，又有遮拦，他们始终是虫，所以不管他们的祖先和后人也都是蛆了。

出身的问题，竟这样决定了每个生物的运命，我不禁惕然！

但无论如何，他总算是一员红人，炎炎时代中的一位时者，留芳乎哉！遗臭乎哉！（蝇）

三

想着他，便憧憬起一切热带的景物来。

深林大沼中度着寓公的生活，叫他是土香土色的草莽英雄也未为不可。在行一点的人们，却都说他属于一种冷血的动物。

花色斑斓的服装，配着修长苗条的身躯，真是像一个秀色可餐的女人，但偏偏有人说女人到是像他。

这世界上多的是这样反本为末，反末为本的事，我不大算得清楚了。

且看他盘着像一条绳索，行走起来仿佛在空间描画着秀丽的峰峦，碰他高兴，就把你缠得不可开交，你精疲力竭了，他才开始胜利地昂起了头。莎乐美捧着血淋淋的人头笑了；他伸出了舌尖，火焰一般的舌尖，那热烈的吻，够你消受的！

据说他的瞳孔得天独厚，他看见什么东西都是比他渺

小，所以他不怕一切的向前扑去，毫不示弱，也许正是因为
人的心眼太窄小了，明明是挂在墙上的一张弓，映到杯里的
影子也当作了他的化身，害得一场大病。有些人见了他，甚
至于急忙把自己的屁眼也堵紧，以为无孔不入的他，会钻了
进去丧了性命——其实是同归于尽——像这种过度的神经过
敏症，过度的恐怖病，不是说明了人们是真的渺小吗？

幸亏他还没有生着脚，固然给画家描绘起来省了一笔
事，可是一些意想不到的灵通，也就叫他无法实现了。

计谋家毕竟令人佩服，说打一打草也是对于他的一种
策略。渺小的人们，应该有所憬悟了罢？

虽然，象征着中国历代帝王的那种动物——龙，也不
过比他多生了几根胡须，多长了几条腿和爪子罢了。（蛇）

四

不与光明争一日的短长，永远是黑夜里的游客。在月
光下的池畔，也常常瞥见他的踪影，真好像一条美丽的白
鱼。细鳞被微风吹翻了，散在水上，荡漾着，闪动着。从
不曾看见鬼火是一种什么东西的我，就臆测着他带着那个
小小灯笼是以幽灵为膏烛的。

静静地凝视着他，他把星星招引来了，他也会牵人到黑暗的角落里去。自己仿佛眩迷了，灵魂如同披了一件轻细的纱衣，恍惚地溶在黑暗里，又恍惚地在空中飘舞了一阵，等回复了意识之后，第一就想把自己找回来，再则就要把他捉住。

在孩提的时候，便受了大人的告诫："飞进鼻孔里会送命。"直到如今仍旧切记不忘。我以为这种教训正是"寓禁于征"的反面的作用。

和"头悬梁，锥刺股"相媲美的苦读生的故事，使这个小虫的令名，也还传留在所谓书香人家的子弟耳里。

不过，如今想来，苦读虽好，企图这一点点光亮，从这个小虫子身上打算进到富贵功名的路途，却也未免抹煞风景了。我希望还是把它当一项时代参考的资料为佳。

欣喜着这个小虫子没有绝种——会飞的，会流的星子，夏夜里常常无言地为我画下灵感的符号；漂着我的心绪，现着，却不能再度寻觅的我所向往的那些路迹。

虽没有刺目的光明，可是他已经完成了使黑暗也成为裂隙的使命了。**（萤）**

五

"百足之虫，死而不僵。"多半是说着他了。

首尾断置，不僵，又该怎样？这个问题我是颇有提出来讨论一下的兴致的。就算他有一百只足，或是一百对足罢，走起来也并不见得比那一条腿都没有的更快些。我想，这不僵的道理，是"并不在乎"吗？那么腿多的到底是生路也多之谓么；或者，是在观感上叫人知道他死了还有那么多摆设吗？

有着五毒之一头衔的他，其名恐怕不因足而显罢？

亏得鸡有一张嘴，便成了他的力敌，管他腿多腿少，死而不僵，或是僵而不死；管他台衔如何，有毒无毒，吃下去也并没有翘了辫子。所以我们倒不必斤斤斥责说"肉食者鄙"的话了。（蜈蚣）

六

今天开始听见他的声音，像一个阔别的友人，从远远的地方归来，虽还没有和他把晤，知道他已经立在我的门外了。也使我微微地感伤着：春天，挽留不住的春天，等到明年再会吧。

谁都厌烦他把长的日子拖着来了，他又把天气鼓躁得这么闷热。但谁会注意过一个幼蛹，伏在地下，藏在树洞里……经过了几年，甚至于一二十年长久的蛰居的时日，才蜕生出来看见天地呢？一个小小的虫豸，他们也不能不忍负着这么沉重的一个运命的重担！

运命也并不一定是一出需要登场的戏剧哩。

鱼为了一点点饵食上了钩子，岸上的人笑了。孩子们只要拿一根长长的杆子，顶端涂些胶水，仰着头，循着声音，便将他们粘住了。他们并不贪求饵食，连孩子们都知道很难养活他们，因为他们不能受着缚束与囚笼里的日子，他们所需要的惟有空气与露水与自由。

人们常常说"自鸣"就近于得意，是一件招祸的事；但又把不平则鸣当作一种必然的道理。我看这个世界上顶好的还是作个哑巴，才合乎中庸之道吧？

话说回来，他之鸣，并非"得已"，螳螂搏着他，也并未作声，焉知道黄雀又跟在他后面呢？这种甲被乙吃掉，甲乙又都被丙吃掉的真实场面，可惜我还没有身临其境，不过想了想虫子也并不比人们更倒霉些罢了。

有时，听见一声长长的嘶音，掠空而过，仰头望见一只鸟飞了过去，嘴里就衔着了一个他。这哀惨的声音，唤起了我的深痛的感觉。夏天并不因此而止，那些幼蛹，会从许多的地方生长起来，接踵地攀到树梢，继续地叫着，告诉我们：夏天是一个应当流汗的季候。

我很想把他叫作一个歌者，他的歌，是唱给我们流汗的劳动者的。**（蝉）**

七

桃色的传说，附在一个没有鳞甲的，很像小鳄鱼似的爬虫的身上，居然迄今不替，真是一件令人不可思议的事了！

守宫——我看过许多书籍，都没有找到一个真实可以显示他的妙用的证据。

所谓宫，在那里面原是住着皇帝，皇后，和妃子等等的一类神圣不可侵犯的人物——男的女的主子们，守卫他们的自然是一些忠勇的所谓禁军们，然而把这样重要的使命赋与一个小虫子的身上，大约不是另有其他的原故，就是另有其他的解释了。

凭他飞檐走壁的本领，看守宫殿，或者也能够胜任愉快。记得小时候我们常常捉弄他，把他的尾巴打断了，只要有一小截，还能在地上里里外外地转接成几个圈子，那种活动的小玩艺儿，煞是好看的，至于他还有什么妙用，在当时是一点也不能领悟出来。

所谓贞操的价值，现在是远不及那些男用女用的"维他赐保命"贵重，他只好爬在墙壁上称雄而已。

关于那桃色的传说，我想女人们也不会喜欢听的，就此打住。**（壁虎）**

……

九

北方人家的房屋，里面多半用纸裱糊一道。在夜晚，有时听见顶棚或墙壁上司拉司拉的声响，立刻将灯一照，便可以看见身体像一只小草鞋的虫子，翘卷着一个多节的尾巴，不慌不忙地来了。尾巴的顶端有个钩子，形像一个较大的逗号"，"。那就是他底自卫的武器，也是因为有了这么一个含毒的螯子，所以他的名望才扬大了起来。

人说他的腹部有黑色的点子，位置各不相同，八点的像张"人"牌，十一点的像张"虎头"……一个一个把他们集了起来，不难凑成一副骨牌——我不相信这种事，如同我不相信赌博可以赢钱一样。（倘如平时有人拿这副牌练习，那么他的赌技恐怕就不可思议了。）

有人说把他投在醋里，隔一刻儿便能化归乌有。我试验了一次，并无其事。想必有人把醋的作用夸得太过火了。或许意在叫吃醋的人须加小心，免得不知不觉中把毒物吃了下去。

还有人说，烧死他一个，不久会有千千万万个，大大小小的倾巢而出。这倒是多少有点使人警惧了。所以我也没敢轻于尝试一回，果真前个试验是灵效，我预备一大缸醋，出来一个化他一个，岂非成了一个除毒的圣手了么？

什么时候回到我那个北方的家里，在夏夜，摇着葵扇，呷一两口灌在小壶里的冰镇酸梅汤，听听棚壁上偶尔响起了的司拉司拉的声音……也是一件颇使我心旷神怡的事哩。

大大方方地翘着他的尾巴沿壁而来，毫不躲闪，不是比那些武装走私的，作幕后之宾的，以及那些"洋行门面"里面却暗设着销魂馆，福寿院的；穿了西装，留着仁丹胡子，腰间却藏着红丸，吗啡，海洛英的绅士们，更光明磊落些么？

"无毒不丈夫"的丈夫，也应该把他们分出等级才对。（蝎）

书房的窗子

杨振声

说也可怜，八年抗战归来，卧房都租不到一间，何言书房？既无书房，又何从说到书房的窗子！

唉！先生，你别见笑，叫化子连作梦都在想吃肉，正为没得，才想得厉害，我不但想到书房，连书房里每一角落，我都布置好。今天又想到了我那书房的窗子。

说起窗子，那真是人类穴居之后一点灵机的闪耀才发明了它。它给你清风与明月，它给你晴日与碧空，它给你山光与水色，它给你安安静静的坐于窗前，欣赏着宇宙的一切，一句话，它打通与你天然的界限。

　　窗子的功用，虽是到处一样，而窗子的方向，却有各人的嗜好不同。陆放翁的"一窗晴日写黄庭"，大概指的是南窗，我不反对南窗的光明与健康，特别在北方的冬天，南窗放进满屋的晴日，你随便拿一本书坐在窗下取暖，书页上的诗句全浸润在金色的光浪中，你书桌旁若有一盆腊梅那就更好——腊梅比红梅色雅而秀清，价钱并不比红梅贵多少。那么，就算有一盆腊梅罢。腊梅在阳光的照耀下荡漾着芬芳，把几枝疏脱的影子漫画在新洒扫的蓝砖地上，如漆墨画。天知道，那是一种清居的享受。

　　东窗的初红里迎着朝暾，你起来开了格扇，放进一屋的清新。朝气洗涤了昨宵一梦的荒唐，使人精神清振，与宇宙万物一体更新。假使你窗外有一株古梅或是海棠，你可以看"朝日红妆"；有海，你可以看"海日生残夜"；一无所有，看朝霞的艳红，再不然，看想象中的邺宫，"晓日靓装千骑女，白樱桃下紫纶巾"。

　　"挂起西窗浪按天"，这样的西窗，不独坡翁喜欢，我们谁都喜欢。然而西窗的风趣，正不止此，压山的红日徘徊于西窗之际，照出书房里一种透明的宁静。苍蝇的搓脚，微尘的轻游，都带些倦意了。人在一日的劳动后，带着微疲放下工作，舒适的坐下来吃一杯热茶，开窗西望，太阳已隐到山后了。田间小径上疏落的走着荷锄归来的农夫，隐约听见母牛哞哞的唤着小犊同归。山色此时已由微红而深紫，而黝蓝。苍然暮色也渐渐笼上山脚的树林。西天上独有一缕镶着黄边的白云冉冉而行。

然而我独喜欢北窗。那就全是光的问题了。

说到光，我有一个偏向，就是不喜欢，不喜欢，不喜欢直接的光而喜欢反射的光。就拿日先来说罢，我不爱中午的骄阳，而爱"晨光之熹微"与落日的古红。纵使光度一样，也觉得一片平原的光海，总不及山阴水曲间光线的隐翳，或枝叶扶疏的树阴下光波的流动。至于反光更比直光来得委婉。"残夜水明楼"，是那般的清虚可爱；而"明清照积雪"使你感到满目清晖。

不错，特别是雪的反光。在太阳下是那样霸道，而在月光下却又这般温柔。其实，雪的反光在阴阴天宇下，也蛮有风趣。特别是新雪的早晨，你一醒来全不知道昨宵降了一夜的雪，只看从纸窗透进满室的虚白，便与平时不同，那白中透出银色的清晖，湿润而匀净，使屋子里平添一番恬静的滋味，披衣起床且不看雪，先掏开那尚未睡醒的炉子，那屋里顿然煦暖。然后再从容揭开窗帘一看，满目皓洁，庭前的枝枝都压垂到地角上了，望望天，还是阴阴的，那就准知道这一天你的屋子会比平常更幽静。

至于拿月光与日光比，我当然更喜欢月光，在月光下，人是那般隐藏，天宇是那般的素净。现实的世界退缩了，想像的世界放大了。我们想像的放大，不也就是我们人格的放大？放大到感染一切时，整个的世界也因而富有情思了。"疏影横斜水清浅，暗香浮动月黄昏"比之"睛雪梅花"更为空灵，更为生动，"无情有恨何人见，月亮风清欲坠时"比之"枝头春意"更富深情与幽思；而"宿妆残粉未明天，每立昭阳花树边"也比"水晶帘下看梳头"更动人怜惜之情。

这里不止是光度的问题，而且是光度影响了态度。强烈的光使我们一切看得清楚，却不必使我们想得明透；使我们有行动的愉悦，却不必使我们有沉思的因缘；使我们像春草一般的向外发展，却不能使我们像夜幕合拢一般的向内收敛。强光太使我们与外物接近了，留不得一分想像的距离。而一切文艺的创造，决不是一些外界事物的堆拢，而是事物经过个性的溶冶、范铸出来的作物。强烈的光与一切强有力的东西一样，它压迫我们的个性。

以此，我便爱上了北窗，南窗的光强，固不必说；就是东窗和西窗也不如北窗。北窗放进的光是那般清淡而隐约，反射而不直接，说到反光，当然便到了"窗子以外"了，我不敢想象窗外有什么明湖或青山的反光，那太奢望了。我只希望北窗外有一带古老的粉墙。你说古老的粉墙？一点不错。最低限度的要老到透点微黄的颜色；假如可能，古墙上生几片清翠的石斑。这墙不要去窗太近，太近则逼仄，使人心狭；也不要太远，太远便不成为窗子屏风；去窗一丈五尺左右便好。如此古墙上的光辉反射在窗下的桌上，润泽而淡白，不带一分逼人的霸气。这种清光绝不会侵凌你的幽静，也不会扰乱你的运思。它与清晨太阳未出以前的天光，及太阳初下，夕露未滋，湖面上的水光同是一样的清幽。

假如，你嫌这样的光太朴素了些，那你就在墙边种上一行疏竹。有风，你可以欣赏它婆娑的舞容；有月，窗上迷离的是潇潇的竹影；有雨，它给你平添一番清凄；有雪，那素洁，那清劲，确是你清寂中的佳友。即使无月无风，无雨无雪，红日半墙，竹荫微动，掩映于你书桌上的清晖，泛出一片清翠，几纹波痕，那般的生动而空灵，你书桌上满写着清新的诗句，你坐在那儿，纵使不读书也"要得"。

睹物寄思

我记得有一种开过极细小的粉红花，现在还开着，但是更极细小了，她在冷的夜气中，瑟缩地做梦，梦见春的到来，梦见秋的到来，梦见瘦的诗人将眼泪擦在她最末的花瓣上，告诉她秋虽然来，冬虽然来，而此后接着还是春，蝴蝶乱飞，蜜蜂都唱起春词来了。

溪

陆 蠡

你说你是志在于山，而我则不忘情于水。山黛虽则是那么浑厚，淳朴，笨拙，呆然若愚的有仁者之风，而水则是更温柔，更明洁，更活泼，更有韵致，更妩媚可亲，是智者所喜的。我甚至于爱沐在水底的一颗颗圆洁的卵石，在静止的潭底里的往往长着毛茸茸的绿苔，在急湍的浅滩中则被水摩挲得仅剩一层黄褐色的皮衣，阳光透过深浅不一的水层，投射在磊磊不平的石面，反映出闪动的金黄色的光圈。一粒之石岂不能看出整座的山岳来吗？卵石与粒沙孰大？山岳与世界孰小？倘能参悟这无关闳旨的微义，将不会怪我故作惊人之语了。"给我一块石，便可以造出整个的山来"，也不过是一句老话的脱胎。

不知你有否打着赤足渡过一条汩汩小溪的经验？你的眼睛须得望着前面的一个目标，一株柳树或是一个柴堆；假使你搴着衣裳呢，则两手便失却保持平衡的功用了；脚下的卵石又坚硬，又滑，走平路时落地的总是趾和踵，足心是娇养惯的，现在接触上这滑硬的石子，不好说痛，又不好说痒，自然而然便足趾拳曲拢来，想要缩回。眼光自动地离开前面的目标，移到滔滔流逝的水面，仿佛地在脚下奔驰，感到一阵晕眩。此时你刚走过小溪的一半，水淹没了半条腿的样子，挟着速度的水流从侧面一阵推荡，便会冷不防地被冲倒。等你站直身子来，已襦裳尽湿了。

我初次爱水有甚于山的时候，是在黄梅久雨后的晴天。雨丝帘幕似的挂在我的窗前有半个多月了，"这是夏眠呢，"我想。一天早晨靠东的窗格里透进旭红的阳光，霍地跳起身来，跑到隔溪的石滩上。松林的梢际笼着未散尽的烟霭，树脂的气息混和着百草的清香，尖短的柳叶上擎着夜来的雨珠，冰凉的石子摸得出有几分潮湿。一片声音引住了我，我仰头观看，啊！沿溪的一带岩岗，拍岸的"黄梅水"涨平了。延伸到水里的石级，上上下下都是捣衣的妇女。阳光底下白的衣被和白的水融成一片。韵律的砧声在近山回响着。"咚！"一只不可见的手拨动了我的一根心弦，于是我爱上这汤汤的小溪，"洋洋乎志在流水"了。我摹绘着假如这是在月光里，水色衣色和月色织成一片，不见捣衣的动作而只有万山齐应的砧声，"长安一片月，万户捣衣声，"那便未免有玉关哀怨之情，弥漫着离愁之境了。我宁愿看到晨曦里的浣妇，她们的身旁还玩着梳着总角髻的孩子，拿一根柴枝，在一片树叶上或一团乱草上使劲地捶，学着姊姊和妈妈们的动作。

　　我初次爱水有甚于山的时候，是在我游罢归来之后。自从泛迹彭蠡，五湖于我毫无介恋，故乡的山水乃如蛇啮于心萦回于我的记忆中了。我在别处所看到的大都是莽莽的平原，难得有一块出奇的山。湖沼是有的，那是如妇人在晓妆时被懒欠呵昙了的镜，或如净下一脸脂粉的盆中的水，暗蒙而厚腻的；河流也见得很多，每每是黄，或者发黑，边上浮着朱门里倾倒出来的鱼片肉片，菜片，如同酒徒呕出来的唾沫。我如怀恋母亲似的惦记起故乡的山水了。我披着四月的雾，沐着五月的雨，栉着八月的风，踏着腊月的霜，急急忙忙到这溪边来。倘使我做了大官回来，则挂冠之后，辟芜芟秽，葺舍书读于山涯水涯，岂不清高之至！而我往来只是一条穷身，所以冒清早背着手来望这一片捣衣了。

　　人每每有溯源穷流的爱好，这探索的德性我颇重视。

你问这溪流源出自什么地方，这事我恰恰知道。我在很小的时候开始用"呜呼"起头做作文的时候便知道了。那是一位花白胡须的先生告诉我的。我以后也没有去翻考县志通志，所以我知道的只限于此。我讨厌别人背诵着县志里的典故和诗词，我也不看名人壁上的题句，我不愿浪费我的强记。你该以我回答你的问题为满足了。这溪流发源于鹧鸪山，用这多啼的鸟命山，是落入宋人风格的，则此山的命名肇于宋代可知。那也该在南迁之后。则我的祖先耕牧于这山水之间，已八百年于兹了。

你看这溪流曲折，在转角的岩壁之下汇成深潭。潭中有很大的鱼，一种有着粗的鳞，红的鳍，绿的眼，金黄的腹和青黑的背，是极活泼的鱼，我们叫做"将军"，在水中是无敌的，一出水立刻便死了，这颇合于英雄的本色。这潭里的鱼虽肥且多，可是不准捞捕，岩上不是镌着"放生"的大字么？垂钓是可以的。你有"猫儿耐心乌龟性"么？当然可以披上蓑衣，戴上箬笠，斜风细雨中，把两根钓竿同时放在水里。我也钓过的。那是阴雨迷蒙的天，打在身上的雨好像雾一样，整半天也不会潮湿。这样的雾雨落水便无声了，只把水面罩上一层轻烟，而水中的人影便隐约得好像在锈上了铜绿的被时代遗弃了的古铜镜里照见的面颜。说鱼儿是因为看不清钓者的脸，才大胆地浮上水面来游戏呢。这里我不想引物理学折光的原理来证明鱼在水中所能望及水岸上的可怜的狭小的视野。不是在谈钓鱼么，我钓鱼了。我带了几把米，罐里放了几条虫。我怕虫，还是央邻哥儿替我钩上去的。放钓了，在虫上啐了一口吐沫，抛了出去，"咝……"在水面上撒上一把米，说"大鱼不来小鱼来"啊便耐心等着，许久，不见动静，"咝……"复撒上一把米，等着，等着，仍是一丝不见动静，邻哥儿却捞了半尺长的金鲤鱼了。"咝……咝……"我复撒上一把米，白的米在水中一摇一晃地沉下，我的浮标依然不见动静：我开始想这撒下白米是什么意思？这无齿的鱼！是听见"咝……咝……"的声音便疑是坠下什么东西来了前来觅食么，还是看到这白色耀眼的米来察看究竟是什么的出于好奇之感？看看衣袋里的米撒完了，我抓了一把沙，"咝……咝……"毫不吝惜地撒下去，过了半天，浮标动了，捞上来的是一寸长的鲫鱼。我笑了，我的半袋白米！我以后就简直灰心得懒得垂钓了。

你不看这溪岸么？山岗自远处迤逦而来，到这溪边成了断壁。壁下被流水冲空了的岩麓像是巨龙的口，像是饮水的巨龙。那向左蜿蜒起伏的便是龙尾。对，此地便名叫龙头。这头上有一块草木不生的岩皮。告诉你一个故事罢，这故事不载于府志，不载于县志，不载于"笔记"，不载于"志异"，而我恰恰知道。原来这片岩岗是活龙头。从前一位堪舆先生说这龙头是大吉祥之地，当时有人不信，他便说"你去站在龙尾，我站在龙头大喝一声，龙尾便该拨动起来。"他们这样做了。堪舆先生站在龙头大喝一声，龙尾动了。于是站在龙尾的便派了一个孩子传语道，"龙尾动了"，而这孩子口齿不清传错了说："龙不动了"，堪舆先生大怒，遂喝道，"畜生，该剥皮哪！"于是龙头上便成了一个疮疤，一年四季不生青草。

然而，看你的目光移上这溪边东西两端的两棵大树，让我把所知的再告诉你罢。

既然是龙头，则龙头岂可无角。是哟！这溪东西两尽头的两株数合抱的大樟树，岂不是嵯峨的两只龙角。因为是龙的角，所以十数年前樟脑腾贵的时候幸未被商人采伐，制成樟脑运销到金元之邦。东端的树下我是熟识的。秋时鸦雀吞食樟子，果皮消化了，撒下一颗颗坚硬的乌黑的种子，亮晶晶地看来一点也不肮脏，我们是整衣袋装着，当作弹子用竹弓打着玩的。樟树朝南向溪的方向，挖了一个窟窿，这是无知的妇女所作的伤残。她们求樟神的保佑，要给她们中了花会——这是妇女们中间流行着的一种赌博——竟不惜向大树跪拜，磕头许愿说着了之后拿三牲福礼请它。结果是没有中。愤怨使她们迁怒于树身，便在树根近傍凿了一个窟洞，据说凿时还有血浆流出来哩。这树底下是我们爱玩的地方，这树阴覆着我的童年，愿它永远葱茏郁茂罢。至于西边长着另一株树的地方是一个幽僻的所在。那儿一带都是无主的荒坟。说时常有男女到那里去幽会，那想怕不是真的。直到现在我还不曾细细去踏一遍。我仅遥望着树下双双的池塘，被蓼莪和菖蒲湮塞。夏初布谷从乱草中吐出啼声来。

让我们的幻想不要审进那阴暗的坟窝，让我们记忆的眼睛落在昼夜不息地渲潺着的小溪的岸上。浣衣妇——携着衣篮归去了，把白的衣被无秩序的铺晒在岩上，石上，草上，令远处望来的人会疑是偃卧着的群羊，恍如闹市初散，溪边留下一片寂寞。屋背的炊烟从黑烟变成白烟了，那是早饭要熟的时节。我颇不想离开这可爱的小溪。想到会有一天仍将随着溪水东流而下，复回到莽莽的平原去看看被懒欠呵昙了的妇人的妆镜和洗下油脂腻粉的脸水似的湖沼，或到带着酒气和血腥的黄浊的河流边去过活时，不胜悲哀。

卢沟晓月

王统照

"苍凉自是长安日，呜咽原非陇头水。"

这是清代诗人咏卢沟桥的佳句，也许，长安日与陇头水六字有过分的古典气息，读去有点碍口？但，如果你们明了这六个字的来源，用联想与想象的力量凑合起，提示起这地方的环境，风物，以及历代的变化，你自然感到像这样"古典"的应用确能增加卢沟桥的伟大与美丽。

打开一本详明的地图，从现在的河北省、清代的京兆区域里你可找得那条历史上著名的桑干河。在往古的战史上，在多少吊古伤今的诗人的笔下，桑干河三字并不生疏。但，说到治水，㶟水，灅水这三个专名似乎就不是一般人所知了。还有，凡到过北平的人，谁不记得北平城外的永定河——即不记得永定河，而外城的正南门，永定门，大概可说是"无人不晓"罢。我虽不来与大家谈考证，讲水经，因为要叙叙卢沟桥，却不能不谈到桥下的水流。

治水，㶟水，灅水，以及俗名的永定河，其实都是那一道河流——桑干。

还有，河名不甚生疏，而在普通地理书上不大注意的是另外一道大流——浑河。浑河源出浑源，距离著名的恒山不远，水色浑浊，所以又有小黄河之称。在山西境内已经混入桑干河，经怀仁，大同，委弯曲折，至河北的怀来县。向东南流入长城，在昌平县境的大山中如黄龙似地转入宛平县境，二百多里，才到这条巨大雄壮的古桥下。

原非陇头水，是不错的，这桥下的汤汤流水，原是桑干与浑河的合流；也就是所谓治水，㶟水，灅水，永定与浑河，小黄河，黑水河（浑河的俗名）的合流。

桥工的建造既不在北宋时代，也不开始于蒙古人的占据北平。金人与南宋南北相争时，于大定二十九年六月方将这河上的木桥换了，用石料造成。这是见之于金代的诏书，据说："明昌二年三月桥成，敕命名广利，并建东西廊以便旅客。"

马可波罗来游中国，服官于元代的初年时，他已看见这雄伟的工程，曾在他的游记里赞美过。

经过元明两代都有重修，但以正统九年的加工比较伟大，桥上的石栏，石狮，大约都是这一次重修的成绩。清代对此桥的大工役也有数次，乾隆十七年与五十年两次的动工，确为此桥增色不少。

"东西长六十六丈，南北宽二丈四尺，两栏宽二尺四寸，石栏一百四十，桥孔十有一，第六孔适当河之中流。"

按清乾隆五十年重修的统计，对此桥的长短大小有此说明，使人（没有到过的）可以想象它的雄壮。从前以北平左近的县分属顺天府，也就是所谓京兆区。经过名人题咏的，京兆区内有八种胜景：例如西山雾雪，居庸叠翠，玉泉垂虹等，都是很幽美的山川风物。卢沟不过有一道大桥，却居然也与西山居庸关一样列入八景之一，便是极富诗意的"卢沟晓月"。

本来，"杨柳岸晓风残月"是最易引动从前旅人的感喟与欣赏的凌晨早发的光景；何况在远来的巨流上有这一道雄伟壮丽的石桥；又是出入京都的孔道，多少官吏、士人、商贾、农、工，为了事业，为了生活，为了游览，他们不能不到这名利所萃的京城，也不能不在夕阳返照，或东方未明时打从这古代的桥上经过。你想：在交通工具还没有如今迅速便利的时候，车马，担篓，来往奔驰，再加上每个行人谁没有忧、喜、欣、戚的真感横在心头，谁不为"生之活动"在精神上负一份重担？盛景当前，把一片壮美的感觉移入渗化于自己的忧喜欣戚之中，无论他是有怎样的观照，由于时间与空间的变化错综，面对着这个具有崇高美的压迫力的建筑物，行人如非白痴，自然以其鉴赏力的差别，与环境的相异，生发出种种的触感。于是留在他们的心中，或留在借文字绘画表达出的作品中，对于卢沟桥三字真有很多的酬报。

不过，单以"晓月"形容卢沟桥之美，据传说是另有原因：每当旧历的月尽头（晦日），天快晓时，下弦的钩月在别处还看不分明，如有人到此桥上，他偏先得清光。这俗传的道理是否可靠，不能不令人疑惑。其实，卢沟桥也不过高起一些，难道同一时间在西山山顶，或北平城内的白塔（北海山上）上，看那晦晓的月亮，会比卢沟桥上不如？不过，话还是不这么拘板说为妙，用"晓月"陪衬卢沟桥的实是一位善于想象而又身经的艺术家的妙语，本来不预备后人去作科学的测验。你想："一日之计在于晨"何况是行人的早发。朝气清蒙，烘托出那钩人思感的月亮——上浮青天，下嵌白石的巨桥。京城的雉堞若隐若现，西山的云翳似近似远，大野无边，黄流激奔……这样光，这样色彩，这样地点与建筑，不管是料峭的春晨，凄冷的秋晓，景物虽然随时有变，但若无雨雪的降临，每月末五更头的月亮，白石桥，大野，黄流，总可凑成一幅佳画，渲染飘浮于行旅者的心灵深处，发生出多少样反射的美感。

你说：偏以"晓月"陪衬这"碧草卢沟"（清刘履芬的《鸥梦词》中有长亭怨一阕，起语是：叹销春间关轮铁，碧草卢沟，短长程接），不是最相称的"妙境"么？

无论你是否身经其地，现在，你对于这名标历史的胜迹，大约不止于"发思古之幽情"罢？其实，即以思古而论也尽够你深思，咏叹，有无穷的兴感！何况血痕染过那些石狮的鬈鬣，白骨在桥上的轮迹里腐化，漠漠风沙，呜咽河流，自然会造成一篇悲壮的史诗。就是万古长存的"晓月"也必定对你惨笑，对你冷觑，不是昔日的温柔，幽丽，只引动你的"清念"。

桥下的黄流，日夜呜咽，泛挹着青空的灏气，伴守着沉默的郊原……

他们都等待着有明光大来与洪涛冲荡的一日——那一日的清晓。

春晖的一月

朱自清

去年在温州，常常看到本刊，觉得很是欢喜。本刊印刷的形式，也颇别致，更使我有一种美感。今年到宁波时，听许多朋友说，白马湖的风景怎样怎样好，更加向往。虽然于什么艺术都是门外汉，我却怀抱着爱"美"的热诚，三月二日，我到这儿上课来了。在车上看见"春晖中学校"的路牌，白地黑字的，小秋千架似的路牌，我便高兴。出了车站，山光水色，扑面而来，若许我抄前人的话，我真是"应接不暇"了。于是我便开始了春晖的第一日。

走向春晖，有一条狭狭的煤屑路。那黑黑的细小的颗粒，脚踏上去，便发出一种摩擦的噪音，给我多少轻新的趣味。而最系我心的，是那小小的木桥。桥黑色，由这边慢慢地隆起，到那边又慢慢的低下去，故看去似乎很长。我最爱桥上的栏干，那变形的纹的栏干；我在车站门口早就看见了，我爱它的玲珑！桥之所以可爱，或者便因为这栏干哩。我在桥上逗留了好些时。这是一个阴天。山的容光，被云雾遮了一半，仿佛淡妆的姑娘。但三面映照起来，也就青得可以了，映在湖里，白马湖里，接着水光，却另有一番妙景。我右手是个小湖，左手是个大湖。湖有这样大，使我自己觉得小了。湖水有这样满，仿佛要漫到我的脚下。湖在山的趾边，山在湖的唇边；他俩这样亲密，湖将山全吞下去了。吞的是青的，吐的是绿的，那软软的绿呀，绿的是一片，绿的却不安于一片；它无端的皱起来了。如絮的微痕，界出无数片的绿；闪闪闪闪的，像好看的眼睛。湖边系着一只小船，四面却没有一个人，我听见自己的呼吸。想起"野渡无人舟自横"的诗，真觉物我双忘了。

好了，我也该下桥去了；春晖中学校还没有看见呢。弯了两个弯儿，又过了一重桥。当面有山挡住去路；山旁只留着极狭极狭的小径。挨着小径，抹过山角，豁然开朗；春晖的校舍和历落的几处人家，都已在望了。远远看去，房屋的布置颇疏散有致，决无拥挤、局促之感。我缓缓走到校前，白马湖的水也跟我缓缓的流着。我碰着丏尊先生。

他引我过了一座水门汀的桥，便到了校里。校里最多的是湖，三面潺潺的流着；其次是草地，看过去芊芊的一片。我是常住城市的人，到了这种空旷的地方，有莫名的喜悦！乡下人初进城，往往有许多的惊异，供给笑话的材料；我这城里人下乡，却也有许多的惊异——我的可笑，或者竟不下于初进城的乡下人。闲言少叙，且说校里的房屋、格式、布置固然疏落有味，便是里面的用具，也无一不显出巧妙的匠意；决无笨伯的手泽。晚上我到几位同事家去看，壁上有书有画，布置井井，令人耐坐。这种情形正与学校的布置，自然界的布置是一致的。美的一致，一致的美，是春晖给我的第一件礼物。

有话即长，无话即短，我到春晖教书，不觉已一个月了。在这一个月里，我虽然只在春晖登了十五日（我在宁波四中兼课），但觉甚是亲密。因为在这里，真能够无町畦。我看不出什么界线，因而也用不着什么防备，什么顾忌；我只照我所喜欢的做就是了。这就是自由了。从前我到别处教书时，总要做几个月的"生客"，然后才能坦然。对于"生客"的猜疑，本是原始社会的遗形物，其故在于不相知。这在现社会，也不能免的。但在这里，因为没有层迭的历史，又结合比较的单纯，故没有这种习染。这是我所深愿的！这里的教师与学生，也没有什么界限。在一般学校里，师生之间往往隔开一无形界限，这是最足减少教育效力的事！学生对于教师，"敬鬼神而远之"；教师对于学生，尔为尔，我为我，休戚不关，理乱不闻！这样两橛的形势，如何说得到人格感化？如何说得到"造成健全人格"？这里的师生却没有这样情形。无论何时，都可自由说话；一切事务，常常通力合作。校里只有协治会而没有自治会。感情既无隔阂，事务自然都开诚布公，无所用其躲闪。学生因无须矫情饰伪，故甚活泼有意思。又因能顺全天性，不遭压抑；加以自然界的陶冶：故趣味比较纯正——也有太随便的地方，如有几个人上课时喜欢谈闲天，有几个人喜欢吐痰在地板上，但这些总容易矫正的——春晖给我的第二件礼物是真诚，一致的真诚。

春晖是在极幽静的乡村地方，往往终日看不见一个外人！寂寞是小事；在学生的修养上却有了问题。现在的生活中心，是城市而非乡村。乡村生活的修养能否适应城市的生活，这是一个问题。此地所说适应，只指两种意思：一是抵抗诱惑，二是应付环境——明白些说，就是应付人，应付物。乡村诱惑少，不能养成定力；在乡村是好人的，将来一入城市做事，或者竟抵挡不住。从前某禅师在山中修道，道行甚高；一旦入闹市，"看见粉白黛绿，心便动了"。这话看来有理，但我以为其实无妨。就一般人而论，抵抗诱惑的力量大抵和性格、年龄、学识、经济力等有"相当"的关系。除经济力与年龄外，性格、学识，都可用教育的力量提高它，这样增加抵抗诱惑的力量。提高的意思，说得明白些，便是以高等的趣味替代低等的趣味；养成优良的习惯，使不良的动机不容易有效。用了这种方法，学生达到高中毕业的年龄，也总该有相当的抵抗力了；入城市生活又何妨？（不及初中毕业时者，因初中毕业，仍须续入高中，不必自己挣扎，故不成问题。）

有了这种抵抗力，虽还有经济力可以作祟，但也不能有大效。前面那禅师所以不行，一因他过的是孤独的生活，故反动力甚大；一因他只知克制，不知替代，故外力一强，便"虎兕出于柙"了！这岂可与现在这里学生的乡村生活相提并论呢？至于应付环境，我以为应付物是小问题，可以随时指导；而且这与乡村，城市无大关系。我是城市的人，但初到上海，也曾因不会乘电车而跌了一跤，跌得皮破血流，这与乡下诸公又差得几何呢？若说应付人，无非是机心！什么"逢人只说三分话，未可全抛一片心"，便是代表的教训。教育有改善人心的使命，这种机心，有无养成的必要，是一个问题。姑不论这个，要养成这种机心，也非到上海这种地方去不成；普通城市正和乡村一样，是没有什么帮助的。凡以上所说，无非要使大家相信，这里的乡村生活的修养，并不一定不能适应将来城市的生活。况且我们还可以举行旅行，以资调剂呢。况且城市生活的修养，虽自有它的好处，但也有流弊。如诱惑太多，年龄太小或性格未佳的学生，或者转易陷溺——那就不但不能磨练定力，反早早的将定力丧失了！所以城市生活的修养不一定比乡村生活的修养有效——只有一层，乡村生活足以减少少年人的进取心，这却是真的！

说到我自己，却甚喜欢乡村的生活，更喜欢这里的乡村的生活。我是在狭的笼的城市里生长的人，我要补救这个单调的生活，我现在住在繁嚣的都市里，我要以闲适的境界调和它。我爱春晖的闲适！闲适的生活可说是春晖给我的第三件礼物！

我已说了我的"春晖的一月"；我说的都是我要说的话。或者有人说，赞美多而劝勉少，近乎"戏台里喝彩"！假使这句话是真的，我要切实声明：我的多赞美，必是情不自禁之故，我的少劝勉，或是观察时期太短之故。

秋 夜

鲁 迅

在我的后园，可以看见墙外有两株树，一株是枣树，还有一株也是枣树。

这上面的夜的天空，奇怪而高，我生平没有见过这样奇怪而高的天空。他仿佛要离开人间而去，使人们仰面不再看见。然而现在却非常之蓝闪闪地睒着几十个星星的眼，冷眼。他的口角上现出微笑，似乎自以为大有深意，而将繁霜洒在我的园里的野花草上。

我不知道那些花草真叫什么名字，人们叫他们什么名字。我记得有一种开过极细小的粉红花，现在还开着，但是更极细小了，她在冷的夜气中，瑟缩地做梦，梦见春的到来，梦见秋的到来，梦见瘦的诗人将眼泪擦在她最末的花瓣上，告诉她秋虽然来，冬虽然来，而此后接着还是春，蝴蝶乱飞，蜜蜂都唱起春词来了。她于是一笑，虽然颜色冻得红惨惨地，仍然瑟缩着。

枣树，他们简直落尽了叶子。先前，还有一两个孩子来打他们别人打剩的枣子，现在是一个也不剩了，连叶子也落尽了。他知道小粉红花的梦，秋后要有春；他也知道落叶的梦，春后还是秋。他简直落尽叶子，单剩干子，然而脱了当初满树是果实和叶子时候的弧形，欠伸得很舒服。但是，有几枝还低亚着，护定他从打枣的竿梢所得的皮伤，而最直最长的几枝，却已默默地铁似的直刺着奇怪而高的天空，使天空闪闪地鬼睒眼；直刺着天空中圆满的月亮，使月亮窘得发白。

鬼睒眼的天空越加非常之蓝，不安了，仿佛想离去人间，避开枣树，只将月亮剩下。然而月亮也暗暗地躲到东边去了。而一无所有的干子，却仍然默默地铁似的直刺着奇怪而高的天空，一意要制他的死命，不管他各式各样地睒着许多蛊惑的眼睛。

哇的一声，夜游的恶鸟飞过了。

我忽而听到夜半的笑声，吃吃地，似乎不愿意惊动睡着的人，然而四围的空气都应和着笑。夜半，没有别的人，我即刻听出这声音就在我嘴里，我也即刻被这笑声所驱逐，回进自己的房。灯火的带子也即刻被我旋高了。

后窗的玻璃上丁丁地响，还有许多小飞虫乱撞。不多久，几个进来了，许是从窗纸的破孔进来的。他们一进来，又在玻璃的灯罩上撞得丁丁地响。一个从上面撞进去了，他于是遇到火，而且我以为这火是真的。两三个却休息在灯的纸罩上喘气。那罩是昨晚新换的罩，雪白的纸，折出波浪纹的叠痕，一角还画出一枝猩红的栀子。

猩红的栀子开花时，枣树又要做小粉红花的梦，青葱地弯成弧形了……我又听到夜半的笑声；我赶紧砍断我的心绪，看那老在白纸罩上的小青虫，头大尾小，向日葵子似的，只有半粒小麦那么大，遍身的颜色苍翠得可爱，可怜。

我打一个呵欠，点起一支纸烟，喷出烟来，对着灯默默地敬奠这些苍翠精致的英雄们。

长安寺

萧 红

接引殿里的佛前灯一排一排的，每个顶着一颗小灯花
燃在案子上。敲钟的声音一到接近黄昏的时候就稀少下来，
并且渐渐地简直一声不响了。因为烧香拜佛的人都回家去
吃着晚饭。

大雄宝殿里，也同样哑默默地，每个塑像都站在自己
的地盘上忧郁起来，因为黑暗开始挂在他们的脸上。长眉
大仙，伏虎大仙，赤脚大仙，达摩，他们分不出哪个是牵
着虎的，哪个是赤着脚的。他们通通安安静静地同叫着别
的名字的许多塑像分站在大雄宝殿的两壁。

只有大肚弥勒佛还在笑眯眯的看着打扫殿堂的人，因为打扫殿堂的人把小灯放在弥勒佛脚前的缘故。

厚沉沉的圆圆的蒲团，被打扫殿堂的人一个一个地拾起来，高高地把它们靠着墙堆了起来。香火着在释迦摩尼的脚前，就要熄灭的样子，昏昏暗暗地，若不去寻找，简直看不见了似的，只不过香火的气息缭绕在灰暗的微光里。

接引殿前，石桥下边池里的小龟，不再像日里那样把头探在水面上。用胡芝麻磨着香油的小石磨也停止了转动。磨香油的人也在收拾着家具。庙前喝茶的都戴起了帽子，打算回家去。冲茶的红脸的那个老头，在小桌上自己吃着一碗素面。大概那就是他的晚餐了。

过年的时候，这庙就更温暖而热气腾腾的了，烧香拜佛的人东看看，西望望。用着他们特有的悠闲，摸一摸石桥的栏杆的花纹，而后研究着想多发现几个桥下的乌龟。有一个老太婆背着一个黄口袋，在右边的胯骨上，那口袋上写着"进香"两个黑字，她已经跨出了当门的殿堂的后门，她又急急忙忙地从那后门转回去，我很奇怪地看着她，以为她掉了东西。大家想想看吧！她一翻身就跪下，迎着殿堂的后门向前磕了一个头。看她的年岁，有六十多岁，但那磕头的动作，来得非常灵活，我看她走在石桥上也照样的精神而庄严。为着过年才做起来的新缎子帽，闪亮的向着接引殿去朝拜了。佛前钟在一个老和尚手里拿着的钟锤下当当地响了三声，那老太婆就跪在蒲团上安详地磕了三个头。这次磕头却并不像方才在前面殿堂的后门磕得那样热情而慌张。我想了半天才明白，方才，就是前一刻，一定是她觉得自己太疏忽了，怕是那尊面向着后门口的佛见她怪，而急急忙忙地请他恕罪的意思。

卖花生糖的肩上挂着一个小箱子，里边装了三四样糖，花生糖，炒米糖，还有胡桃糖。卖瓜子的提着一个长条的小竹篮，篮子的一头是白瓜籽，一头是盐花生。而这里不大流行难民卖的一包一包的"瓜籽大王"。青茶，素面，不加装饰的，一个铜板随手抓过一撮来就放在嘴上磕的白瓜籽，就已经十足了。所以这庙里吃茶的人，都觉得别有风味。

耳朵听的是梵钟和诵经的声音；眼睛看的是些悠闲而且自得的游庙或烧香的人；鼻子所闻到的，不用说是檀香和别的香料的气息。所以这种吃茶的地方确实使人喜欢，又可以吃茶，又可以观风景看游人。比起重庆的所有的吃茶店来都好。尤其是那冲茶的红脸的老头，他总是高高兴兴的，走路时喜欢把身子向两边摆着，好像他故意把重心一会放在左腿上，一会放在右腿上。每当他掀起茶盅的盖子时，他的话就来了，一串一串的，他说：我们这四川没有啥好的，若不是打日本，先生们请也请不到这地方。他再说下去，就不懂了，他谈的和诗句一样。这时候他要冲在茶盅的开水从壶嘴如同一条水龙落进茶盅来。他拿起盖子来把茶盅扣住了，那里边上下游着的小鱼似的茶叶也被盖子扣住了。反正这地方是安静得可喜的，一切都是太平无事。

××坊的水龙就在石桥的旁边和佛堂斜对着面。里边放置着什么，我没有机会去看，但有一次重庆的防空演习我是看过的，用人推着哇哇的山响的水龙，一个水龙大概可装两桶水的样子，可是非常沉重，四五个人连推带挽。若着起火来，我看那水龙到不了火已经落了。那仿佛就写着什么××坊一类的字样。唯有这些东西。在庙里算是一个不调和的设备，而且也破坏了安静和统一。庙的墙壁上，不是大大的写着"观世音菩萨"吗？庄严静妙，这是一块没有受到外面侵扰的重庆的唯一的地方。他说，一花一世界，这是一个小世界，应作如是观。

但我突然神经过敏起来——可能有一天这上面会落下了敌人的一颗炸弹。而可能的那两条水龙也救不了这场大火。那时，那些喝茶的将没有着落了，假如他们不愿意茶摊埋在瓦砾场上。

我顿然地感到悲哀。

海 燕

郑振铎

　　乌黑的一身羽毛，光滑漂亮，积伶积俐，加上一双剪刀似的尾巴，一对劲俊轻快的翅膀，凑成了那样可爱的活泼的一只小燕子。当春间二三月，轻飔微微的吹拂着，如毛的细雨无因的由天上洒落着，千条万条的柔柳，齐舒了它们的黄绿的眼，红的白的黄的花，绿的草，绿的树叶，皆如赶赴市集者似的奔聚而来，形成了烂熳无比的春天时，那些小燕子，那末伶俐可爱的小燕子，便也由南方飞来，加入了这个隽妙无比的春景的图画中，为春光平添了许多的生趣。小燕子带了它的双剪似的尾，在微风细雨中，或在阳光满地时，斜飞于旷亮无比的天空之上，唧的一声，已由这里稻田上，飞到了那边的高柳之下了。再几只却隽逸的在粼粼如縠纹的湖面横掠着，小燕子的剪尾或翼尖，偶沾了水面一下，那小圆晕便一圈一圈的荡漾了开去。那边还有飞倦了的几对，闲散的憩息于纤细的电线上——嫩蓝的春天，几支木杆，几痕细线连于杆与杆间，线上是停着几个粗而有致的小黑点，那便是燕子，是多么有趣的一幅图画呀！还有一家家的快乐家庭，他们还特为我们的小燕子备了一个两个小巢，放在厅梁的最高处，假如这家有了一个匾额，那匾后便是小燕子最好的安巢之所。第一年，小燕子来住了，第二年，我们的小燕子，就是去年的一对，它们还要来住。

"燕子归来寻旧垒。"

还是去年的主，还是去年的宾，他们宾主间是如何的融融泄泄呀！偶然的有几家，小燕子却不来光顾，那便很使主人忧戚，他们邀召不到那么隽逸的嘉宾，每以为自己运命的蹇劣呢。

这便是我们故乡的小燕子，可爱的活泼的小燕子，曾使几多的孩子们欢呼着，注意着，沉醉着，曾使几多的农人们市民们忧戚着，或舒怀的指点着，且曾平添了几多的春色，几多的生趣于我们的春天的小燕子！

如今，离家是几千里，离国是几千里，托身于浮宅之上，奔驰于万顷海涛之间，不料却见着我们的小燕子。

这小燕子，便是我们故乡的那一对，两对么？便是我们今春在故乡所见的那一对，两对么？

见了它们，游子们能不引起了，至少是轻烟似的，一缕两缕的乡愁么？

海水是皎洁无比的蔚蓝色，海波是平稳得如春晨的西湖一样，偶有微风，只吹起了绝细绝细的千万个粼粼的小绉纹，这更使照晒于初夏之太阳光之下的、金光烂灿的水面显得温秀可喜。我没有见过那末美的海！天上也是皎洁无比的蔚蓝色，只有几片薄纱似的轻云，平贴于空中，就如一个女郎，穿了绝美的蓝色夏衣，而颈间却围绕了一段绝细绝轻的白纱巾。我没有见过那么美的天空！我们倚在青色的船栏上，默默的望着这绝美的海天；我们一点杂念也没有，我们是被沉醉了，我们是被带入晶天中了。

就在这时，我们的小燕子，二只，三只，四只，在海上出现了。它们仍是隽逸的从容的在海面上斜掠着，如在小湖面上一样；海水被它的似剪的尾与翼尖一打，也仍是连漾了好几圈圆晕。小小的燕子，浩莽的大海，飞着飞着，不会觉得倦么？不会遇着暴风疾雨么？我们真替它们担心呢!

小燕子却从容的憩着了。它们展开了双翼，身子一落，落在海面上了，双翼如浮圈似的支持着体重，活是一只乌黑的小水禽，在随波上下的浮着，又安闲，又舒适。海是它们那么安好的家，我们真是想不到。

在故乡，我们还会想象得到我们的小燕子是这样的一个海上英雄么?

海水仍是平贴无波，许多绝小绝小的海鱼，为我们的船所惊动，群向远处窜去;随了它们飞窜着，水面起了一条条的长痕，正如我们当孩子时之用瓦片打水漂在水面所划起的长痕。这小鱼是我们小燕子的粮食么?

小燕子在海面上斜掠着，浮憩着。它们果是我们故乡的小燕子么?

啊，乡愁呀，如轻烟似的乡愁呀!

异国秋思

庐 隐

　　自从我们搬到郊外以来，天气渐渐清凉了。那短篱边牵延着的毛豆叶子，已露出枯黄的颜色来，白色的小野菊，一丛丛由草堆里钻出头来，还有小朵的黄花在凉劲的秋风中抖颤。这一些景象，最容易勾起人们的秋思，况且身在异国呢！低声吟着"帘卷西风，人比黄花瘦"之句，这个小小的灵宫，是弥漫了怅惘的情绪。

　　书房里格外显得清寂，那窗外蔚蓝如碧海似的青天，和淡金色的阳光。还有挟着桂花香的阵风，都含了极强烈的，挑拨人类心弦的力量，在这种刺激之下，我们不能继续那死板的读书工作了。在那一天午饭后，波便提议到附近吉祥寺去看秋景，三点多钟我们乘了市外电车前去——这路程太近了，我们的身体刚刚坐稳便到了。走出长甬道的车站，绕过火车轨道，就看见一座高耸的木牌坊，在横额上有几个汉字写着"井之头恩赐公园"。我们走进牌坊，便见马路两旁树木葱笼，绿荫匝地，一种幽妙的意趣，萦缭脑际，我们怔怔地站在树影下，好像身入深山古林了。在那枝柯掩映中，一道金黄色的柔光正荡漾着。使我想象到一个披着金绿柔发的仙女，正赤着足，踏着白云，从这里经过的情景。再向西方看，一抹彩霞，正横在那迭翠的峰峦上，如黑点的飞鸦，穿林翻翻，我一缕的愁心真不知如何安派，我要吩咐征鸿把它带回故国吧！无奈它是那样不着迹的去了。

我们徘徊在这浓绿深翠的帷幔下，竟忘记前进了。一个身穿和服的中年男人，脚上穿着木屐，提塔提塔的来了。他向我们打量着，我们为避免他的觑视，只好加快脚步走向前去。经过这一带森林，前面有一条鹅卵石堆成的斜坡路，两旁种着整齐的冬青树，只有肩膀高，一阵阵的青草香，从微风里荡过来，我们慢步的走着，陡觉神气清爽，一尘不染。下了斜坡，面前立着一所小巧的东洋式茶馆，里面设了几张小矮几和坐褥，两旁列着柜台，红的蜜桔，青的苹果，五色的杂糖，错杂地罗列着。

"呀！好眼熟的地方！"我不禁失声的喊了出来。于是潜藏在心底的印象，陡然一幕幕的重映出来，唉！我的心有些抖颤了，我是被一种感怀已往的情绪所激动，我的双眼怔住，胸膈间充塞着悲凉，心弦凄紧的搏动着。自然是回忆到那些曾被流年蹂躏过的往事。

"唉！往事，只是不堪回首的往事呢！"我悄悄的独自叹息着。但是我目前仍然有一副逼真的图画在现出来……

一群骄傲于幸福的少女们，她们孕育着玫瑰色的希望，当她们将由学校毕业的那一年，曾随了她们德高望重的教师，带着欢乐的心情，渡过日本海来访蓬莱的名胜。在她们登岸的时候，正是暮春三月樱花乱飞的天气。那些缀锦点翠的花树，都是使她们乐游忘倦。她们从天色才黎明，便由东京的旅舍出发；先到上野公园看过樱花的残装后；又换车到井之头公园来。这时疲倦袭击着她们，非立刻找个地点休息不可。最后她们发现了这个位置清幽的茶馆；便立刻决定进去吃些东西。大家团团围着矮凳坐下，点了两壶龙井茶，和一些奇甜的东洋点心，她们吃着喝着，高声谈笑着，她们真像是才出谷的雏莺；只觉眼前的东西，件件新鲜。处处都富有生趣。当然她们是被搂在幸福之神的怀抱里了。青春的爱娇，活泼快乐的心情，她们是多么可艳羡的人生呢！

但是流年把一切都毁坏了！谁能相信今天在这里低徊追怀往事的我，也正是当年幸福者之一呢！哦！流年，残刻的流年呵！它带走了人间的爱娇，它蹂躏英雄的壮志，使我站在这似曾相识的树下，只有咽泪，我有什么方法，使年光倒流呢！

唉！这仅仅是九年后的今天。呀，这短短的九年中，我走的是崎岖的世路，我攀缘过陡削的崖壁，我由死的绝谷里逃命，使我尝着忍受由心头淌血的痛苦，命运要我喝干自己的血汁，如同喝玫瑰酒一般……

唉！这一切的刺心回忆，我忍不住流下辛酸的泪滴，连忙离开这容易激动感情的地方吧！我们便向前面野草漫径的小路上走去，忽然听见一阵悲恻的唏嘘声，我仿佛看见张着灰色翅翼的秋神，正躲在那厚密枝叶背后。立时那些枝叶都悉悉索索的颤抖起来。草底下的秋虫，发出连续的唧唧声，我的心感到一阵阵的凄冷；不敢向前去，找到路旁一张长木凳坐下。我用滞呆的眼光，向那一片阴阴森森的丛林里睁视，当微风分开枝柯时，我望见那小河里潺湲碧水了。水上皱起一层波纹，一只小划子，从波纹上溜过。两个少女摇着桨，低声唱着歌儿。我看到这里，又无端感触起来，觉得喉头梗塞，不知不觉叹道：

"故国不堪回首"，同时那北海的红漪清波浮现眼前，那些手携情侣的男男女女，恐怕也正摇着画桨，指点着眼前清丽秋景，低语款款吧！况且又是菊茂蟹肥时候，料想长安市上，车水马龙，正不少欢乐的宴聚，这飘泊异国，秋思凄凉的我们当然是无人想起的。不过，我们却深深的眷怀着祖国，渴望得些好消息呢！况且我们又是神经过敏的，揣想到树叶凋落的北平，凄风吹着，冷雨洒着的这些穷苦的同胞，也许正向茫茫的苍天悲诉呢！唉，破碎紊乱的祖国呵！北海的风光不能粉饰你的寒伧！今雨轩的灯红酒绿，不能安慰忧患的人生，深深眷念着祖国的我们，这一颗因热望而颤抖的心，最后是被秋风吹冷了。

遣怀故友

在你的精神里，我们看不见苍苍的鬓发，看不见五十年光阴的痕迹；你的依旧是二三十年前"春痕"故事里的"逸"的风情。

志摩在回忆里

郁达夫

新诗传宇宙，竟尔乘风归去，同学同庚，老友如君先宿草。

华表托精灵，何当化鹤重来，一生一死，深闺有妇赋招魂。

这是我托杭州陈紫荷先生代作代写的一副挽志摩的挽联。陈先生当时问我和志摩的关系，我只说他是我自小的同学，又是同年，此外便是他这一回的很适合他身份的死。

作挽联我是不会做的，尤其是文言的对句。而陈先生也想了许多成句，如"高处不胜寒""犹是深闺梦里人"之类，但似乎都寻不出适当的上下对，所以只成了上举的一联。这挽联的好坏如何，我也不晓得，不过我觉得文句做得太好，对仗对得太工，是不大适合于哀挽的本意的。悲哀的最大表示，是自然的目瞪口呆，僵若木鸡的那一种样子，这我在小曼夫人当初次接到志摩的凶耗的时候曾经亲眼见到过。其次是抚棺的一哭，这我在万国殡仪馆中，当日来吊的许多志摩的亲友之间曾经看到过。至于哀挽诗词的工与不工，那却是次而又次的问题了；我不想说志摩是如何如何的伟大，我不想说他是如何如何的可爱，我也不想说我因他之死而感到怎么怎么的悲哀，我只想把在记忆里的志摩来重描一遍，因而再可以想见一次他那副凡见过他一面的人谁都不容易忘去的面貌与音容。

大约是在宣统二年（一九一〇）的春季，我离开故乡的小市，去转入当时的杭府中学读书——上一期似乎是在嘉兴府中读的，终因路远之故而转入了杭府——那时候府中的监督，记得是邵伯炯先生，寄宿舍是大方伯的图书馆对面。

当时的我，是初出茅庐的一个十四岁未满的乡下少年，突然间闯入了省府的中心，周围万事看起来都觉得新异怕人。所以在宿舍里，在课堂上，我只是诚惶诚恐，战战兢兢，同蜗牛似地蜷伏着，连头都不敢伸一伸出壳来。但是同我的这一种畏缩态度正相反的，在同一级同一宿舍里，却有两位奇人在跳跃活动。

一个是身体生得很小，而脸面却是很长，头也生得特别大的小孩子。我当时自己当然总也还是一个小孩子，然而看见了他，心里却老是在想："这顽皮小孩，样子真生得奇怪"，仿佛我自己已经是一个大孩似的。还有一个日夜和他在一块，最爱做种种淘气的把戏，为同学中间的爱戴集中点的，是一个身材长得相当的高大，面上也已经满示着成年的男子的表情，由我那时候的心里猜来，仿佛是年纪总该在三十岁以上的大人——其实呢，他也不过和我们上下年纪而已。

他们俩，无论在课堂上或在宿舍里，总在交头接耳的密谈着，高笑着，跳来跳去，和这个那个闹闹，结果却终于会出其不意地做出一件很轻快很可笑很奇特的事情来吸收大家的注意的。

而尤其使我惊异的，是那个头大尾巴小，戴着金边近视眼镜的顽皮小孩，平时那样的不用功，那样的爱看小说——他平时拿在手里的总是一卷有光纸上印着石印细字的小本子——而考起来或作起文来却总是分数得得最多的一个。

　　像这样的和他们同住了半年宿舍，除了有一次两次也上了他们一点小当之外，我和他们终究没有发生什么密切一点的关系；后来似乎我的宿舍也换了，除了在课堂上相聚在一块之外，见面的机会更加少了。年假之后第二年的春天，我不晓为了什么，突然离去了府中，改入了一个现在似乎也还没有关门的教会学校。从此之后，一别十余年，我和这两位奇人——一个小孩，一个大人——终于没有遇到的机会。虽则在异乡飘泊的途中，也时常想起当日的旧事，但是终因为周围环境的迁移激变，对这微风似的少年时候的回忆，也没有多大的留恋。

　　民国十三四年——一九二三、四年——之交，我混迹在北京的软红尘里；有一天风定日斜的午后，我忽而在石虎胡同的松坡图书馆里遇见了志摩。仔细一看，他的头，他的脸，还是同中学时候一样发育得分外的大，而那矮小的身材却不同了，非常之长大了，和他并立起来，简直要比我高一二寸的样子。

　　他的那种轻快磊落的态度，还是和孩时一样，不过因为历尽了欧美的游程之故，无形中已经锻练成了一个长于社交的人了。笑起来的时候，可还是同十几年前的那个顽皮小孩一色无二。

从这年后，和他就时时往来，差不多每礼拜要见好几次面。他的善于座谈，敏于交际，长于吟诗的种种美德，自然而然地使他成了一个社交的中心。当时的文人学者，达官丽妹，以及中学时候的倒霉同学，不论长幼，不分贵贱，都在他的客座上可以看得到。不管你是如何心神不快的时候，只教经他用了他那种浊中带清的洪亮的声音，"喂，老×，今天怎么样？什么什么怎么样了？"的一问，你就自然会把一切的心事丢开，被他的那种快乐的光耀同化了过去。

正在这前后，和他一次谈起了中学时候的事情，他却突然的呆了一呆，张大了眼睛惊问我说：

"老李你还记得起记不起？他是死了哩！"

这所谓老李者，就是我在头上写过的那位顽皮大人，和他一道进中学的他的表哥哥。

其后他又去欧洲，去印度，交游之广，从中国的社交中心扩大而成为国际的。于是美丽宏博的诗句和清新绝俗的散文，也一年年的积多了起来。一九二七年的革命之后，北京变了北平，当时的许多中间阶级者就四散成了秋后的落叶。有些飞上了天去，成了要人，再也没有见到的机会了，有些也竟安然地在牖下到了黄泉；更有些，不死不生，仍复在歧路上徘徊着，苦闷着，而终于寻不到出路。是在这一种状态之下，有一天在上海的街头，我又忽而遇见志摩："喂，这几年来你躲在什么地方？"

兜头的一喝，听起来仍旧是他那一种洪亮快活的声气。在路上略谈了片刻，一同到了他的寓里坐了一会，他就拉我一道到了大赉公司的轮船码头。因为午前他刚接到了无线电报，诗人太果尔（即泰戈尔）回印度的船系定在午后五时左右靠岸，他是要上船去看看这老诗人的病状的。

当船还没有靠岸，岸上的人和船上的人还不能够交谈的时候，他在码头上的寒风里立着——这时候似乎已经是秋季了——静静地呆呆地对我说：

"诗人老去，又遭了新时代的摈斥，他老人家的悲哀，正是孔子的悲哀。"

因为太果尔这一回是新从美国日本去讲演回来，在日本在美国都受了一部分新人的排斥，所以心里是不十分快活的；并且又因年老之故，在路上更染了一场重病。志摩对我说这几句话的时候，双眼呆看着远处，脸色变得青灰，声音也特别的低。我和志摩来往了这许多年，在他脸上看出悲哀的表情来的事情，这实在是最初也便是最后的一次。

从这一回之后，两人又同在北京的时候一样，时时来往了。可是一则因为我的疏懒无聊，二则因为他跑来跑去的教书忙，这一两年间，和他聚谈时候也并不多。今年的暑假后，他于去北平之先曾大宴了三日客。头一天喝酒的时候，我和董任坚先生都在那里。董先生也是当时杭府中学的旧同学之一，席间我们也曾谈到了当时的杭州。在他遇难之前，从北平飞回来的第二天晚上，我也偶然的，真真是偶然的，闯到了他的寓里。

那一天晚上，因为有许多朋友会聚在那里的缘故，谈谈说说，竟说到了十二点过。临走的时候，还约好了第二天晚上的后会才兹分散。但第二天我没有去，于是就永久失去了见他的机会了，因为他的灵柩到上海的时候是已经验好了来的。

男人之中，有两种人最可以美慕。一种是像高尔基一样，活到了六七十岁，而能写许多有声有色的回忆文的老寿星，其他的一种是如叶赛宁一样的光芒还没有吐尽的天才夭折者。前者可以写许多文学史上所不载的文坛起伏的经历，他个人就是一部纵的文学史。后者则可以要求每个同时代的文人都写一篇吊他哀他或评他骂他的文字，而成一部横的放大的文苑传。

现在志摩是死了，但是他的诗文是不死的，他的音容状貌可也是不死的，除非要等到认识他的人老老少少一个个都死完的时候为止。

一九三一年十二月十一日

［附记］上面的一篇回忆写完之后，我想想，想想，又在陈先生代做的挽联里加入了一点事实，缀成了下面的四十二字：

三卷新诗，廿年旧友，与君同是天涯，只为佳人难再得。
一声河满，九点齐烟，化鹤重归华表，应愁高处不胜寒。

一九三一年十二月十九日

丁在君这个人

胡 适

傅孟真先生的《我所认识的丁文江先生》,是一篇很大的文章,只有在君当得起这样一篇好文章。孟真说:

> 我以为在君确是新时代最良善最有用的中国人之代表,他是欧化中国过程中产生的最高的菁华;他是用科学知识作燃料的大马力机器;他是抹杀主观,为学术为社会为国家服务者,为公众之进步及幸福而服务者。

这都是最确切的评论,这里只有"抹杀主观"四个字也许要引起他的朋友的误会。在君是主观很强的人,不过孟真的意思似乎只是说他"抹杀私意"，"抹杀个人的利害"。意志坚强的人都不能没有主观，但主观是和私意私利说不相同的。王文伯先生曾送在君一个绰号，叫做 the con-clusionist，可译做"一个结论家"。这就是说，在君遇事总有他的"结论"，并且往往不放松他的"结论"。一个人对于一件事的"结论"多少总带点主观的成分，意志力强的人带的主观成分也往往比较一般人要多些。这全靠理智的训练深浅来调剂。在君的主观见解是很强的，不过他受的科学训练较深，所以他在立身行道的大关节上终不愧是一个科学时代的最高产儿。而他的意志的坚强又使他忠于自己的信念，知了就不放松，就决心去行，所以成为一个最有动力的现代领袖。

在君从小不喜欢吃海味，所以他一生不吃鱼翅、鲍鱼、海参。我常笑问他：这有什么科学的根据？他说不出来，但他终不破戒。但是他有一次在贵州内地旅行，到了一处地方，他和他的跟人都病倒了。本地没有西医，在君是绝对不信中医的，所以他无论如何不肯请中医诊治，他打电报到贵阳去请西医，必须等贵阳的医生赶到了他才肯吃药。医生还没有赶到，跟他的人已病死了，人都劝在君先服中药，他终不肯破戒。我知道他终身不曾请教过中医，正如他终身不肯拿政府干薪，终身不肯因私事旅行借用免票坐火车一样的坚决。

我常说，在君是一个欧化最深的中国人，是一个科学化最深的中国人。在这一点根本立场上，眼中人物真没有一个人能比上他。这也许是因为他十五岁就出洋，很早就受了英国人生活习惯的影响的缘故。他的生活最有规则：睡眠必须八小时，起居饮食最讲究卫生，在外面饭馆里吃饭必须用开水洗杯筷；他不喝酒，常用酒来洗筷子；夏天家中吃无皮的水果，必须在滚水里浸二十秒钟。他最恨奢侈，但他最注重生活的舒适和休息的重要，差不多每年总要寻一个歇夏的地方，很费事的布置他全家去避暑；这是大半为他的多病的夫人安排的，但自己也必须去住一个月以上；他的弟弟，侄儿，内侄女，都往往同去，有时还邀朋友去同住。他绝对服从医生的劝告：他早年有脚痒病，医生说赤脚最有效，他就终身穿有多孔的皮鞋，在家常赤脚，在熟朋友家中也常脱袜子，光着脚谈天，所以他自称："赤脚大仙"。他吸雪茄烟有二十年了，前年他脚指有点发麻，医生劝他戒烟，他立刻就戒绝了。这种生活习惯都是科学化的习惯；别人偶一为之，不久就感觉不方便，或怕人讥笑，就抛弃了。在君终身奉行，从不顾社会的骇怪。

他的立身行己，也都是科学化的，代表欧化的最高层。他最恨人说谎，最恨人懒惰，最恨人滥举债，最恨贪污。他所谓"贪污"，包括拿干薪，用私人，滥发荐书，用公家免票来做私家旅行，用公家信笺来写私信，等等。他接受淞沪总办之职时，我正和他同住在上海客利饭店，我看见他每天接到不少的荐书。他叫一个书记把这些荐信都分类归档，他就职后，需要用某项人时，写信通知有荐信的人定期来受考试，考试及格了，他都雇用；不及格的，他一一通知他们的原荐人。他写信最勤，常怪我案上堆积无数未覆的信。他说："我平均写一封信费三分钟，字是潦草的，但朋友接着我的回信了。你写信起码要半点钟，结果是没有工夫写信。"蔡孑民先生说在君"案无留牍"，这也是他的欧化的精神。

罗文干先生常笑在君看钱太重，有寒伧气。其实这正是他的小心谨慎之处。他用钱从来不敢超过他的收入，所以能终身不欠债，所以能终身不仰面求人，所以能终身保持一个独立的清白之身。他有时和朋友打牌，总把输赢看得很重，他手里有好牌时，手心常出汗，我们常取笑他，说摸他的手心可以知道他的牌。罗文干先生是富家子弟出身，所以更笑他寒伧。及今思之，在君自从留学回来，担负一个大家庭的求学经费，有时候每年担负到三千元之多，超过他的收入的一半，但他从无怨言，也从不负债；宁可抛弃他的学术生活去替人办煤矿，他不肯用一个不正当的钱；这正是他的严格的科学化的生活规律不可及之处；我们嘲笑他，其实是我们穷书生而有阔少爷的脾气，真不配批评他。

在君的私生活和他的政治生活是一致的。他的私生活的小心谨慎就是他的政治生活的预备。民国十一年，他在《努力周报》第七期上（署名"宗淹"）曾说，我们若想将来做政治生活，应做这几种预备：

第一，是要保存我们"好人"的资格。消极的讲，就是不要"作为无益"；积极的讲，是躬行克己，把责备人家的事从我们自己做起。

第二，是要做有职业的人，并且增加我们职业上的能力。

第三，是设法使得我们的生活程度不要增高。

第四，就我们认识的朋友，结合四五个人，八九个人的小团体，试做政治生活的具体预备。

看前面的三条，就可以知道在君处处把私生活看作政治生活的修养。民国十一年他和我们几个人组织"努力"，我们的社员有两个标准：一是要有操守，二是要在自己的职业上站得住。他最恨那些靠政治吃饭的政客。他当时有一句名言："我们是救火的，不是趁火打劫的。"（《努力》第六期）他做淞沪总办时，一面整顿税收，一面采用最新式的簿记会计制度。他是第一个中国大官卸职则半天办完交代的手续的。

在君的个人生活和家庭生活，孟真说他"真是一位理学大儒"。在君如果死而有知，他读了这句赞语定要大生气的！

他幼年时代也曾读过宋明理学书，但他早年出洋以后，最得力的是达尔文、赫胥黎一流科学家的实事求是的精神训练。

他自己曾说：

> 科学……是教育同修养最好的工具。因为天天求理，时时想破除成见，不但使学科学的人有求真理的能力，而且有爱真理的诚心。无论遇见甚么事，都能平心静气去分析研究，从复杂中求单简，从紊乱中求秩序；拿论理来训练他的意想，而意想力愈增；用经验来指示他的直觉，而直觉力愈活。了然于宇宙生物心理种种的关系，才能够真知道生活的乐趣，这种活泼泼地心境，只有拿望远镜仰察过天空的虚漠，用显微镜俯视过生物的幽微的人，方能参领的透彻，又岂是枯坐谈禅妄言玄理的人所能梦见？（《努力》第四十九期，《玄学与科学》）

这一段很美的文字，最可以代表在君理想中的科学训练的人生观。他最不相信中国有所谓"精神文明"，更不佩服张君劢先生说的"自孔孟以至宋元明之理学家侧重内生活之修养，其结果为精神文明"。民国十二年四月中在君发起"科学与玄学"的论战，他的动机其实只是要打倒那时候"中外合璧式的玄学"之下的精神文明论。他曾套顾亭林的话来骂当日一班玄学崇拜者：

> 今之君子，欲速成以名于世，语之以科学，则不愿学，语之以柏格森、杜里舒之玄学，则欣然矣，以其袭而取之易也。（同上）

这一场的论战现在早已被人们忘记，因为柏格森、杜里舒的玄学又早已被一批更时髦的新玄学"取而代之"了。然而我们在十三四年后回想那一场论战的发难者，他终身为科学戮力，终身奉行他的科学的人生观，运用理智为人类求真理，充满着热心为多数谋福，最后在寻求知识的工作途中，歌唱着"为语麻姑桥下水，出山要比在山清"，悠然的死了——这样一个人，不是东方的内心修养的理学所能产生的。

丁在君一生最被人误会的是他在民国十五年的政治生活。孟真在他的长文里，叙述他在淞沪总办任内的功绩，立论最公平。他那时期的文电，现在都还保存在一个好朋友的家里，将来作他传记的人（孟真和我都有这种野心）必定可以有详细公道的记载给世人看，我们此时可以不谈。我现在要指出的，只是在君的政治兴趣。十年前，他常说："我家里没有活过五十岁的，我现在快四十岁了，应该趁早替国家做点事。"这是他的科学迷信，我们常常笑他。其实他对政治是素来有极深的兴趣的。他是一个有干才的人，绝不像我们书生放下了笔杆就无事可办，所以他很自信有替国家做事的能力。

他在民国十二年有一篇《少数人的责任》的讲演（《努力》第六十七期），最可以表示他对于政治的自信力和负责任的态度。他开篇就说：

> 我们中国政治的混乱，不是因为国民程度幼稚，不是因为政客官僚腐败，不是因为武人军阀专横；是因为"少数人"没有责任心，而且没有负责任的能力。

他很大胆的说：中年以上的人，不久是要死的；来替代他们的青年，所受的教育，所处的境遇，都是同从前不同的。只要有几个人，有不折不回的决心，拔山蹈海的勇气，不但有知识而且有能力，不但有道德而且要做事业，风气一开，精神就要一变。

他又说：只要有少数里面的少数，优秀里面的优秀，不肯束手待毙，天下事不怕没有办法的……最可怕的是一种有知识有道德的人不肯向政治上去努力。

他又告诉我们四条下手的方法，其中第四条最可注意。他说：

> 要认定了政治是我们唯一的目的，改良政治是我们唯一的义务。不要再上人家当，说改良政治要从实业教育着手。

这是在君的政治信念。他相信，政治不良，一切实业教育都办不好。所以他要我们少数人挑起改良政治的担子来。

然而在君究竟是英国自由教育的产儿，他的科学训练使他不能相信一切坏的革命的方式。他曾说：

> 我们是救火的，不是趁火打劫的。

其实他的意思是要说，我们是来救人的，不是来放火的。

照他的教育训练看来，用暴力的革命总不免是"放火", 更不免要容纳无数"趁火打劫"的人。所以他只能期待"少数里的少数, 优秀里优秀"起来担负改良政治责任, 而不能提倡那放火式的大革命。

然而民国十五六年之间, 放火式的革命到底来了, 并且风靡了全国。在那个革命大潮流里, 改良主义者的丁在君当然成了罪人了。在那个时代, 在君曾对我说:"许子将说曹孟德可以做'治世之能臣, 乱世之奸雄'; 我们这班人恐怕只可以做'治世之能臣, 乱世之饭桶'罢!"

这句自嘲的话, 也正是在君自赞的话。他毕竟自信是"治世之能臣"。他不是革命的材料, 但他所办的事, 无一事不能办得顶好。他办一个地质研究班, 就可以造出许多奠定地质学的台柱子; 他办一个地质调查所, 就能在极困难的环境之下造成一个全世界知名的科学研究中心; 他做了不到一年的上海总办, 就能建立起一个大上海市的政治、财政、公共卫生的现代式基础; 他做了一年半的中央研究院的总干事, 就把这个全国最大的科学研究机关重新建立在一个合理而持久的基础之上。他这二十多年的建设成绩是不愧负他的科学训练的。

在君的为人是最可敬爱, 最可亲爱的。他的奇怪的眼光, 他的虬起的德国威廉皇帝式的胡子, 都使小孩子和女人见了害怕。他对不喜欢的人，总是斜着头，从眼镜的上边看他，眼睛露出白珠多，黑珠少，怪可嫌的！我曾对他说："从前史书上说阮籍能作青白眼，我向来不懂得；自从认得了你，我方明白了'白眼对人'是怎样一回事！"他听了大笑。其实同他熟了，我们都只觉得他是一个最和蔼慈祥的人。他自己没有儿女，所以他最喜欢小孩子，最爱同小孩子玩，有时候他伏在地上作马给他们骑。他对朋友最热心，待朋友如同自己的弟兄儿女一样。他认得我不久之后，有一次他看见我喝醉了酒，他十分不放心，不但劝我戒酒，还从《尝试集》里挑了我的几句戒酒诗，请梁任公先生写在扇子上送给我（可惜这把扇子丢了！）。十多年前，我病了两年，他说我的家庭生活太不舒适，硬逼我们搬家；他自己替我们看定了一所房子，我的夫人嫌每月八十元的房租太贵，那时我不在北京，在君和房主说妥，每月向我的夫人收七十元，他自己代我垫付十元！这样热心爱管闲事的朋友是世间很少见的。他不但这样待我，他待老辈朋友，如梁任公先生，如葛利普先生，都是这样亲切的爱护，把他们当作他最心爱的小孩子看待！

他对于青年学生，也是这样的热心：有过必规劝，有成绩则赞不绝口。民国十八年，我回到北平，第一天在一个宴会上遇见在君，他第一句话就说："你来，你来，我给你介绍赵亚曾！这是我们地质学古生物学新出的一个天才，今年得地质奖学金的!"他那时脸上的高兴快乐是使我很感动的。后来赵亚曾先生在云南被土匪打死了,在君哭了许多次,到处为他出力征募抚恤金。他自己担任亚曾的儿子的教育责任,暑假带他同去歇夏,自己督责他补功课;他南迁后,把他也带到南京转学,使他可以时常督教他。

在君是个科学家,但他很有文学天才;他写古文白话文都是很好的。他写的英文可算是中国人之中的一把高手,比许多学英国文学的人高明的多多。他也爱读英法文学书;凡是罗素、威尔士、J. M. Keynes 的新著作,他都全购读。他早年喜欢写中国律诗,近年听了我的劝告,他不作律诗了,有时还作绝句小诗,也都清丽可喜。朱经农先生的纪念文里有在君得病前一日的《衡山纪游诗》四首,其中至少有两首是很好的。他去年在莫干山做了一首骂竹子的五言诗,被林语堂先生登在《宇宙风》上,是大家知道的。

民国二十年,他在秦皇岛避暑,有一天去游北戴河,作了两首怀我的诗,其中一首云:

> 峰头各采山花戴,海上同看明月生。
> 此乐如今七寒暑,问君何日践新盟。

后来我去秦皇岛住了十天,临别时在君用元微之送白乐天的诗韵作了两首诗送我:

留君至再君休怪，十日留连别更难。
从此听涛深夜坐，海天漠漠不成欢！

逢君每觉青来眼，顾我而今白到须。
此别原知旬日事，小儿女态未能无。

　　这三首诗都可以表现他待朋友的情谊之厚。今年他死后，我重翻我的旧日记，重读这几首诗，真有不堪回忆之感，我也用元微之的原韵，写了这两首诗纪念他：

明知一死了百愿，无奈余哀欲绝难！
高谈看月听涛坐，从此终生无此欢！

爱惜能作青白眼，妩媚不嫌虬怒须。
捧出心肝待朋友，如此风流一代无。

　　这样一个朋友，这样一个人，是不会死的。他的工作，他的影响，他的流风遗韵，是永永留在许多后死的朋友的心里的。

廿五，二，九夜

伤双栝老人

徐志摩

看来你的死是无可致疑的了，宗孟先生，虽则你的家人们到今天还没法寻回你的残骸。最初消息来时，我只是不信，那其实是太奇特，太荒唐，太不近情。我曾经几回梦见你生还，叙述你历险的始末，多活现的梦境！但如今在栝树凋尽了青枝的庭院，再不闻"老人"的謦欬；真的没了，四壁的白联仿佛在微风中叹息。这三四十天来，哭你有你的内眷、姊妹、亲戚，悼你的私交；惜你有你的政友与国内无数爱君才调的士夫。志摩是你的一个忘年的小友。我不来敷陈你的事功，不来历叙你的言行；我也不来再加一份涕泪吊你最后的惨变。

魂兮归来！此时在一个风满天的深夜握笔，就只两件事闪闪的在我心头：一是你的谐趣天成的风怀，一是髫年失怙的诸弟妹，他们，你在时，哪一息不是你的关切，便如今，料想你彷徨的阴魂也常在他们的身畔飘逗。平时相见，我倾倒你的语妙，往往含笑静听，不叫我的笨涩羼杂你的莹澈，但此后，可恨这生死间无情的阻隔，我再没有那样的清福了！只当你是在我跟前，只当是消磨长夜的闲谈，我此时对你说些琐碎，想来你不至厌烦吧。

先说说你的弟妹。你知道我与小孩子们说得来，每回我到你家去，他们一群四五个，连着眼珠最黑的小五，浪一般的拥上我的身来，牵住我的手，攀住我的头，问这样，问那样；我要走时他们就着了忙，抢帽子的，锁门的，嘎着声音苦求的——你也曾见过我的狼狈。自从你的噩耗到后，可怜的孩子们，从不满四岁到十一岁，哪懂得生死的意义，但看了大人们严肃的神情，他们也都发了呆，一个个木鸡似的在人前愣着。有一天听说他们私下在商量，想组织一队童子军，冲出山海关去替爸爸报仇！

"梒安"那虚报到的一个早上，我正在你家。忽然间一阵天翻似的闹声从外院陡起，一群孩子拥着一位手拿电纸的大声的欢呼着，冲锋似的陷进了上房。果然是大胜利，该得庆祝的："爹爹没有事！""爹爹好好的！"徽那里平安电马上发了去，省她急。福州电也发了去，省他们跋涉。但这欢喜的风景运定活不到三天，又叫接着来的消息给完全煞尽！

当初送你同去的诸君回来，证实了你的死信。那晚，你的骨肉一个个走进你的卧房，各自默恻恻的坐下，啊，那一阵子最难堪的噤寂，千万种痛心的思潮在各个人的心头，在这沉默的暗惨中，激荡、汹涌起伏。可怜的孩子们也都泪滢滢的攒聚在一处，相互的偎着，半懂得情景的严重。霎时间，冲破这沉默，发动了决声的号啕，骨肉间至性的悲哀——你听着吗，宗孟先生，那晚有半轮黄月斜觇着北海白塔的凄凉？

我知道你不能忘情这一群童稚的弟妹。前晚我去你家时见小四小五在灵帏前翻着筋斗，正如你在时他们常在你的跟前献技。"你爹呢？"我拉住他们问。"爹死了"，他们嘻嘻的回答，小五搂住了小四，一和身又滚做一堆！他们将来的养育是你身后唯一的问题——说到这里，我不由的想起了你离京前最后几回的谈话。政治生活，你说你不但尝够而且厌烦了。这五十年算是一个结束，明年起你准备谢绝俗缘，亲自教课膝前的子女；这一清心你就可以用功你的书法，你自觉你腕下的精力，老来只是健进，你打算再花二十年工夫，打磨你艺术的天才；文章你本来不弱，但你想望的却不是什么等身的著述，你只求沥一生的心得，淘成三两篇不易衰朽的纯晶。这在你是一种觉悟；早年在国外初识面时，你每每自负你政治的异禀，即在年前避居津地时你还以为前途不少有为的希望，直至最近政态诡变，你才内省厌倦，认真想回复你书生逸士的生涯。我从最初惊讶你清奇的相貌，惊讶你更清奇的谈吐，我便不阿附你从政的热心，曾经有多少次我讽劝你趁早回航，领导这新时期的精神，共同发现文艺的新土。即如前半年泰戈尔来时，你那兴会正不让我们年轻人；你这半百翁登台演戏，不辞劳倦的精神正不知给了我们多少的鼓舞！

不，你不是"老人"；你至少是我们后生中间的一个。在你的精神里，我们看不见苍苍的鬓发，看不见五十年光阴的痕迹；你的依旧是二三十年前"春痕"故事里的"逸"的风情——"万种风情无地着"，是你最得意的名句，谁料这下文竟命定是"辽原白雪葬华颠"！

谁说你不是君房的后身？可惜当时不曾记下你摇曳多姿的吐属，蓓蕾似的满缀着警句与谐趣，在此时回忆，只如天海远处的点点航影，再也认不分明。你常常自称厌世人。果然，这世界，这人情，哪禁得起你锐利的理智的解剖与抉剔？你的锋芒，有人说，是你一生最吃亏的所在。但你厌恶的是虚伪，是矫情，是顽老，是乡愿的面目，那还不是该的？谁有你的豪爽，谁有你的倜傥，谁有你的幽默？你的锋芒，即使露，也决不是完全在他人身上应用，你何尝放过你自己来？对己一如对人，你丝毫不存姑息，不存隐讳。这就够难能，在这无往不是矫揉的日子。再没有第二人，除了你，能给我这样脆爽的清谈的愉快。再没有第二人在我的前辈中，除了你，能使我感受这样的无"执"无"我"精神。

最可怜是远在海外的徽徽，她，你曾经对我说，是你唯一的知己；你，她也曾对我说，是她唯一的知己。你们这父女不是寻常的父女。"做一个有天才的女儿的父亲，"你曾说，"不是容易享的福，你得放低你天伦的辈分先求做到友谊的了解"。

徽，不用说，一生崇拜的就只你，她一生理想的计划中，哪件事离得了聪明不让她自己的老父？但如今，说也可怜，一切都成了梦幻，隔着这万里途程，她那弱小的心灵如何载得起这奇重的哀惨！这终天的缺陷，叫她问谁补去？佑着她吧，你不昧的阴灵，宗孟先生，给她健康，给她幸福，尤其给她艺术的灵术——同时提携她的弟妹，共同增荣雪池双梫的清名！

哭佩弦

郑振铎

　　从抗战以来，接连的有好几位少年时候的朋友去世了。哭地山、哭六逸、哭济之，想不到如今又哭佩弦（即朱自清 1898～1948）了。在朋友们中，佩弦的身体算是很结实的。矮矮的个子，方而微圆的脸，不怎么肥胖，但也决不瘦。一眼望过去，便是结结实实的一位学者。说话的声音，徐缓而有力。不多说废话，从不开玩笑；纯然是忠厚而笃实的君子。写信也往往是寥寥的几句，意尽而止。但遇到讨论什么问题的时候，却滔滔不绝。他的文章，也是那么的不蔓不枝，恰到好处，增加不了一句，也删节不掉一句。

他做什么事都负责到底。他的《背影》，就可作为他自己的一个描写。他的家庭负担不轻，但他全力的负担着，不叹一句苦。他教了三十多年的书，在南方各地教，在北平教；在中学里教，在大学里教。他从来不肯马马虎虎的教过去。每上一堂课，在他是一件大事。尽管教得很熟的教材，但他在上课之前，还须仔细的预备着。一边走上课堂，一边还是十分的紧张。记得在清华大学的时候，有一次我在他办公室里坐着，见他紧张的在翻书。我问道："下一点钟有课吗?"

"有的，"他说道，"总得要看看。"

像这样负责的教员，恐怕是不多见的。他写文章时，也是以这样的态度来写。写得很慢，改了又改，决不肯草率的拿出去发表。我上半年为《文艺复兴》的《中国文学研究》号向他要稿子，他寄了一篇《好与巧》来，这是一篇结实而用力之作。但过了几天，他又来了一封快信，说，还要修改一下，要我把原稿寄回给他。我寄了回去。不久，修改的稿子来了，增加了不少有力的例证。他就是那么不肯马马胡胡地过下去的!

他的主张，向来是老成持重的。

将近二十年了，我们同在北平。有一天，在燕京大学南大地一位友人处晚餐。我们热烈地辩论着"中国字"是不是艺术的问题。向来总是"书画"同称，我却反对这个传统的观念。大家提出了许多意见。有的说，艺术是有个性的；中国字有个性，所以是艺术。又有的说，中国字有组织，有变化，极富于美术的标准。我却极力的反对着他们的主张。我说，中国字有个性，难道别国的字就表现不出个性了吗？要说写得美，那么，梵文和蒙古文写得也是十分匀美的。这样的辩论，当然是不会有结果的。

临走的时候，有一位朋友还说，他要编一部《中国艺术史》，一定要把中国书法的一部门放进去。我说，如果把"书"也和"画"同样的并列在艺术史里，那末，这部艺术史一定不成其为艺术史的。

当时，有十二个人在座。九个人都反对我的意见。只有冯芝生和我意见全同。佩弦一声也不言语。我问道："佩弦，你的主张怎么样呢？"

他郑重的说道："我算是半个赞成的吧。说起来，字的确是不应该成为美术。不过，中国的书法，也有他长久的传统的历史。所以，我只赞成一半。"

这场辩论，我至今还鲜明的在眼前。但老成持重，一半和我同调的佩弦却已不在人间，不能再参加那么热烈的争论了。

这样的一位结结实实的人，怎么会刚过五十便去世了呢？——我说"结结实实"，这是我十多年前的印象。在抗战中，我们便没有见过。在抗战中，他从北平随了学校撤退到后方。他跟着学生徒步跑，跑到长沙，又跑到昆明。还照料着学校图书馆里搬出来的几千箱的书籍。这一次的长征，也许使他结结实实的身体开始受了伤。

在昆明联大的时候，他的生活很苦。他的夫人和孩子们都不能在身边，为了经济的拮据，只能让他们住在成都。听说，食米的恶劣，使他开始有了胃病。他是一位有名的衣履不周的教授之一。冬天，没有大衣，把马夫用的毡子裹在身上，就作为大衣；而在夜里，这一条毡子便又作为棉被用。

有人来说，佩弦瘦了，头上也有了白发。我没有想象到佩弦瘦到什么样子；我的印象中，他始终是一位结结实实的矮个子。

胜利以后，大家都复员了，应该可以见到。但他为了经济的关系，经从内地到北平去，并没有经过南方。我始终没有见到瘦了后的佩弦。

在北平，他还是过得很苦，他并没有松下一口气来。

暑假后，是他应该休息的一年。我们都盼望他能够到南边来游一趟，谁知道在假期里他便一瞑不视了呢？我永远不会再有机会见到瘦了后的佩弦了！

佩弦虽然在胜利三年后去世，其实他是为抗战而牺牲者之一。那末结结实实的身体，如果不经过抗战的这一个阶段的至窘极苦的生活，他怎么会瘦弱了下去而死了呢？他的致死的病是胃溃疡与肾脏炎。积年的吃了多沙粒与稗子的配给米，是主要的原因；积年的缺乏营养与过度的工作，使他一病便不起。尽管有许多人发了国难财，胜利财，乃至汉奸们也发了财而逍遥法外，许多瘦子都变成了肥头大脸的胖子，但像佩弦那样的文人、学者与教授，却只是天天的瘦下去，以至于病倒而死。就在胜利后，他们过的还是那么苦难的日子，与可悲愤的生活。

在这个悲愤苦难的时代，连老成持重的佩弦，也会是充满了悲愤的。在报纸上，见到有佩弦签名的有意义的宣言不少。他曾经对他的学生们说："给我以时间，我要慢慢的学。"他在走上一条新的路上来了。可惜的是，他正在走着，他的旧伤痕却使他倒了下去。

他花了整整的一年工夫，编成《闻一多全集》。他既担任着这一个工作，他便勤勤恳恳的专心一志的负责到底的做着。《闻一多全集》的能够出版，他的力量是最大的；他所费的时间也最多。我们读到他的《闻一多全集》的序，对于他的"不负死友"的精神，该怎样的感动。

一多刚刚走上一条新的路，便死了；如今佩弦又是这样。过了中年的人要蜕变是不容易的。而过了中年的人经过了这十多年的折磨之后，又是多末脆弱啊！佩弦的死，不仅是朋友们该失声痛哭，哭这位忠厚笃实的好友的损失，而且也是中国的一个重大的损失，损失了那么一位认真而诚恳的教师，学者与文人！

卅七年八月十七日写于上海

我所见的叶圣陶

朱自清

　　我第一次与圣陶见面是在民国十年的秋天。那时刘延陵兄介绍我到吴淞炮台湾中国公学教书。到了那边，他就和我说："叶圣陶也在这儿。"我们都念过圣陶的小说，所以他这样告我。我好奇地问道："怎样一个人？"出乎我的意外，他回答我："一位老先生哩。"但是延陵和我去访问圣陶的时候，我觉得他的年纪并不老，只那朴实的服色和沉默的风度与我们平日所想象的苏州少年文人叶圣陶不甚符合罢了。

　　记得见面的那一天是一个阴天。我见了生人照例说不出话；圣陶似乎也如此。我们只谈了几句关于作品的泛泛的意见，便告辞了。延陵告诉我每星期六圣陶总回角直去；他很爱他的家。他在校时常邀延陵出去散步，我因与他不熟，只独自坐在屋里。不久，中国公学忽然起了风潮。我向延陵说起一个强硬的办法——实在是一个笨而无聊的办法！——我说只怕叶圣陶未必赞成。但是出乎我的意外，他居然赞成了！后来细想他许是有意优容我们吧；这真是老大哥的态度呢。我们的办法天然是失败了，风潮延宕下去；于是大家都住到上海来。我和圣陶差不多天天见面；同时又认识了西谛、予同诸兄。这样经过了一个月；这一个月实在是我的很好的日子。

我看出圣陶始终是个寡言的人。大家聚谈的时候，他总是坐在那里听着。他却并不是喜欢孤独，他似乎老是那么有味地听着。至于与人独对的时候，自然多少要说些话；但辩论是不来的。他觉得辩论要开始了，往往微笑着说"这个弄不大清楚了"，这样就过去了。他又是个极和易的人，轻易看不见他的怒色。他辛辛苦苦保存着的《晨报》副张，上面有他自己的文字的，特地从家里捎来给我看；让我随便放在一个书架上，给散失了。当他和我同时发见这件事时，他只略露惋惜的颜色，随即说："由他去末哉，由他去末哉！"我是至今惭愧着，因为我知道他作文是不留稿的。他的和易出于天性，并非阅历世故，矫揉造作而成。

他对于世间妥协的精神是极厌恨的。在这一月中，我看见他发过一次怒——始终我只看见他发过这一次怒——那便是对于风潮的妥协论者的蔑视。

风潮结束了，我到杭州教书。那边学校当局要我约圣陶去。圣陶来信说："我们要痛痛快快游西湖，不管这是冬天。"他来了，教我上车站去接。我知道他到了车站这一类地方，是会觉得寂寞的。他的家实在太好了，他的衣着，一向都是家里管。我常想，他好像一个小孩子；像小孩子的天真，也像小孩子的离不开家里人。必须离开家里人时，他也得找些熟朋友伴着；孤独在他简直是有些可怕的。所以他到校时，本来是独住一屋的，却愿意将那间屋做我们两人的卧室，而将我那间做书室。这样可以常常相伴；我自然也乐意。我们不时到西湖边去；有时下湖，有时只喝喝酒。在校时各据一桌，我只预备功课，他却老是写小说和童话。初到时，学校当局来看过他。第二天，我问他："要不要去看看他们？"他皱眉道："一定要去么？等一天罢。"后来始终没有去。他是最反对形式主义的。

那时他小说的材料，是旧日的储积；童话的材料有时却是片刻的感兴。如《稻草人》中《大喉咙》一篇便是。那天早上，我们都醒在床上，听见工厂的气笛，他便说："今天又有一篇了，我已经想好了，来的真快呵。"那篇的艺术很巧，谁想他只是片刻的构思呢！他写文字时，往往拈笔伸纸，便手不停挥地写下去；开始及中间，停笔踌躇时绝少。他的稿子极清楚，每页至多只有三五个涂改的字。他说他从来是这样的。每篇写毕，我自然先睹为快；他往往称述结尾的适宜，他说对于结尾是有些把握的。看完，他立即封寄《小说月报》；照例用平信寄。我总劝他挂号；但他说："我老是这样的。"他在杭州不过两个月，写的真不少，教人羡慕不已。《火灾》里从《饭》起到《风潮》这七篇还有《稻草人》中一部分，都是那时我亲眼看他写的。

在杭州待了两个月，放寒假前，他便匆匆地回去了；他实在离不开家，临去时让我告诉学校当局，无论如何不回来了。但他却到北平住了半年，也是朋友拉去的。我前些日子偶翻十一年的《晨报副刊》，看见他那时途中思家的小诗，重念了两遍，觉得怪有意思。北平回去不久，便入了商务印书馆编译部，家也搬到上海。从此在上海待下去，直到现在——中间又被朋友拉到福州一次，有一篇《将离》抒写那回的别恨，是缠绵悱恻的文字。这些日子，我在浙江乱跑，有时到上海小住，他常请了假和我各处玩儿或喝酒。有一回，我便住在他家，但我到上海，总爱出门，因此他老说没有能畅谈；他写信给我，老说这回来要畅谈几天才行。

十六年一月，我接眷北来，路过上海，许多熟朋友和我饯行，圣陶也在。那晚我们痛快地喝酒，发议论；他是照例地默着。酒喝完了，又去乱走，他也跟着。到了一处，朋友们和他开了个小玩笑；他脸上略露窘意，但仍微笑地默着。圣陶不是个浪漫的人；在一种意义上，他正是延陵所说的"老先生"。但他能了解别人，能谅解别人，他自己也能"作达"，所以仍然——也许格外——是可亲的。那晚快夜半了，走过爱多亚路，他向我诵周美成的词："酒已都醒，如何消夜永！"我没有说什么；那时的心情，大约也不能说什么的。我们到一品香又消磨了半夜。这一回特别对不起圣陶；他是不能少睡觉的人。他家虽住在上海，而起居还依着乡居的日子；早七点起，晚九点睡。有一回我九点十分去，他家已熄了灯，关好门了。这种自然的，有秩序的生活是对的。那晚上伯祥说："圣兄明天要不舒服了。"想起来真是不知要怎样感谢才好。

第二天我便上船走了，一眨眼三年半，没有上南方去。信也很少，却全是我的懒。我只能从圣陶的小说里看出他心境的迁变；这个我要留在另一文中说。圣陶这几年里似乎到十字街头走过一趟，但现在怎么样呢？我却不甚了然。他从前晚饭时总喝点酒，"以半醺为度"；近来不大能喝酒了，却学了吹笛——前些日子说已会一出《八阳》，现在该又会了别的了吧。他本来喜欢看看电影，现在又喜欢听听昆曲了。但这些都不是"厌世",如或人所说的,圣陶是不会厌世的,我知道。又,他虽会喝酒,加上吹笛,却不会抽什么"上等的纸烟",也不曾住过什么"小小别墅",如或人所想的,这个我也知道。

寄燕北故人

庐 隐

亲爱的朋友们:

  在你们闪烁的灵光里,大约还有些我的影子吧!但我们不见已经四年了,以我的测度你们一定不同从前了——至少梅姊给我的印影——夕阳下一个倚新坟而凝泪的梅姊,比起那衰草寒烟的梅窟,吃鸡蛋煎菊花的豪情逸兴要两样了。至于轩姊呢,听说愁病交缠,近来更是人比黄花瘦。那么中央公园里,慢步低吟的幽趣,怕又被病魔销尽了!……呵!现在想到隽妹,更使我心惊!我记得我离开燕京的时候,她还睡在医院里,后来虽常常由信里知道她的病终究痊愈了，并且她又生了两个小孩子，但是她活泼的精神和天真的情态，不曾因为病后改变了吗？哎！不过四年短促的岁月中，便有这许多变迁了，谁还敢打开既往的生活史看，更谁敢向那未来的生活上推想！

我自从去年自己害了一场大病，接着又遭人生的大不幸，终日只是被暗愁锁着。无论怎样的环境，都是我滋感之菌——清风明月，苦雨寒窗，我都曾对之泣泪泛澜，去年我不是告诉你们：我伴送涵的灵柩回乡吗？那时我满想将我的未来命运，整个的埋没于闭塞的故乡，权当归真的墟墓吧！但是当我所乘的轮船才到故乡的海岸时，已经给我一个可怕的暗示——一片寒光，深笼碧水。四顾不禁毛发为之悚栗，满不是我意想中足以和暖我战惧灵魂的故乡；及至上了岸，就见家人，约了许多道士，在一张四方木桌上，满插着招魂幡旗，迎冷风而飘扬。只见涵的衰年老父，揾泪长号，和那招魂的磬钹繁响争激。唉！马江水碧，鼓岭云高，渺渺幽冥，究竟何处招魂！徒使劫余的我肝肠俱断。到家门时，更是凄冷鬼境，非复人间。唉！那高举的丧幡，沉沉的白幔，正同五年前我奔母亲丧时的一样刺心伤神——不过几年之间，我却两度受造物者的宰割。哎！雨打风摧，更经得几番磨折！——再加着故乡中的俚俗困人，我究竟不过住了半年，又离开故乡了——正是谁念客身轻似叶，千里飘零！

去年承你们的盛情约我北去，更续旧游，只恨我胆怯，始终不敢应诺。按说北京是我第二故乡，我七八岁的时候，就和它相亲相近，直到我离开它，其间差不多十八九年，它使我发生对它的好感，实远胜我发源地的故乡。我到北京去，自然是很妥当而适意的了；不过你们应当知道，我为什么不敢去？东交民巷的皎月馨风，万牲园的幽廊斜晖，中央公园的薄霜淡雾，都深深地镂刻着我和涵的往事前尘！我又怎么敢去？怎么忍去！朋友们！你们千里外的故人，原是不中用的呢！不过也不必因此失望，因为近来我似乎又找到新生路了。只要我的灵魂出了牢狱，我便可和你们相见了！

我这一次重到上海，得到一个出我意料外的寂静的环境，读书作稿，都用不着等待更深夜静。确是蓼荻绕宅，梧桐当户，荒坟蔓草，白杨晚鸦，而它们萧然地长叹，或冷漠，都给我以莫大的安慰，并且启示我，为俗虑所掩遮的灵光——虽只是很淡薄的灵光，然而我已经似有所悟了。

我所住的房子，正对着一片旷野，窗前高列着几棵大树，枝叶繁茂，宿鸟成阵，时时鼓舌如簧，娇啭不绝。我课余无事，每每开窗静听，在它们的快乐声中，常常告诉我，它们是自由的……有时竟觉得，它们在嘲笑我太不自由了，因为我灵魂永远不曾解放过，我不能离开现实而体察神的隐秘，无论做什么事情，都只能宛转因人，这不是太怯弱了吗？

有一天我正向窗外凝视，忽然看见几个小孩子，满脸都是污泥，衣服也和他们的脸一样的肮脏，在我们房子左右满了落叶枯枝的草地上，撷拾那落叶枯枝。这时我由不得心里一惊——天寒岁暮了，这些孩子们，捡这枯枝，想来是，燃了取暖的。昨天听说这左右发见不少小贼，于是我告诉门房的人，把那些孩子赶了出去，并且还交代小工，将那破损的竹篱笆修修好，不要让闲杂人进来……这自然是我的责任，但是我可对不起那几个圣洁的小灵魂了。我简直是蔑视他们，贼自然是可怕的罪恶，然而我没有用的人，只知道关紧门，不许他们进来，这只图自己的安适，再不为那些不幸的人们着想，这是多么卑鄙的灵魂？除自私之外没有更大的东西了！朋友们：在这灵光一瞥中，我发见了人类的丑恶，所以现在除了不幸的人外，我没有朋友。有许多人，对着某一个不幸的人，虽有时也说可怜，然而只是上下唇、及舌头筋肉间的活动，和音带的震响罢了——真是十三分的漠然，或者可以说，其间含着幸灾乐祸的恶意呢？总之一个从来不懂悲哀和痛苦真义的人，要叫他能了解悲哀和痛苦的神秘，未免太不容易！所以朋友们！你们要好好记住，如果你们是有痛苦悲哀的时候，与其对那些不能了解的人诉说，希冀他们予以同情的共鸣，那只是你们的幻想，决不会成事实的。不如闭紧你们的口，眼泪向肚里流要好得多呢。

悲哀才是一种美妙的快感，因为悲哀的纤维，是特别的精细，它无论是触于怎样温柔的玫瑰花朵上，也能明切的感觉到，比起那近于欲的快乐的享受，真是要耐人寻味多了。并且只有悲哀，能与超乎一切的神灵接近。当你用怜悯而伤感的泪眼，去认识神灵的所在，比较你用浮夸的享乐的欲眼时，要高明得多。悲哀诚然是伟大的！

朋友们！你们读我的信到这个地方，总要放下来揣想一下吧！甚或要问这倒是怎么一回事？——想来这个不幸的人，必要被暗愁搅乱了神经，不然为何如此尊崇悲哀和不幸者呢？……要不然这个不幸的人，一定改了此前旷达的心胸，自囿于凄栗之中……呵！朋友们：如果你们如是的怀疑，我可以诚诚实实地告诉你们，这揣想完全错了。我现在的态度，固然是比较从前严肃，然而我却好久不掉眼泪了。看见人家伤心，我仿佛是得到一句隽永的名句，有意义的，耐人寻味的名句。我得到这名句，一面是刻骨子的欣赏，一面又从其中得到慰安。这真是一种灵的认识，从悲哀的历程中，所发见的宝藏。

我前此常常觉得人生，过于单调：青春时互相的爱恋者，一天天平凡的度过去，究竟什么是生命的意义！——

有什么无上的价值，完全不明了。现在我仿佛得到神明的诏示，真了解悲哀才有与神接近的机会，才能以鲜红的热血为不幸者牺牲。朋友们！我相信你们中一定有能了解我这话的人，至少梅姊可以和我表同情，是不是？

我自从沦入失望和深愁浸渍的漩涡中，一直总是颓废不振。我常常自危，幸而近来灵光普照，差不多已由颓废的漩涡中扎挣起来了。只要我一旦对于我的灵魂，更能比较地解放，更认识得清楚些，那么那个人的小得失，必不至使我惊心动魄了。

梅姊的近状如何？我记得上半年来信，神气十分萎靡。固然我也知道梅姊的遭遇多苦。但是，我希望梅姊把自己的价值看重些，把自己的责任看大些，像我们这种个人的失意，应该把它稍为靠后些。因为这悲哀造成的世界，本以悲哀为原则，不过有的是可医治的悲哀，有的是不可医治的悲哀。我们的悲哀，是不可医治的根本的烦冤，除非毁灭，是不能使我们与悲哀相脱离。我们只有推广这悲哀的意味，与一切不幸者同运命，我们的悲哀岂不更觉有意义些吗？呵！亲爱的朋友！为了怜悯一个贫病的小孩子而流泪，要比因自己的不幸而流泪，要有意味得多呢！

神实在是不可思议的，所以能够使世界瑰琦灿烂，不可逼视，在这里我要告诉你一件很有趣味的事实。前天下午，我去看星姊，那时美丽的太阳，正射着玫瑰色的玻璃窗上，天边浮动着变幻的浅蓝的飞云。我走到星姊的房间的时候，正静悄悄不听一点声息。后来我开门进去，只见星姊正在摇篮旁用手极轻微地摇着睡在里面的小孩子。我一看，突然感觉到母亲伟大而高远的爱的神光，从星姊的两眸子中流射出来。那真是一朵不可思议的灿烂之花！呵隽妹！我现在能想象你，那温慈的爱欢，正注射着你那可爱的娇儿呢！这真是人间最大慰安吧，无论是怎么痛苦或疲乏的人，只要被母亲的春晖拂照便立刻有了生气。世界上还有比母亲的爱更伟大么？这正是能牺牲自己而爱，爱她们的孩子，并且又是无所为而爱的呵！母亲的爱是怎样的神圣，也正和为不幸而悲哀同样有意味呢？

现在天气冷了，秋风秋雨一阵紧一阵，燕北彤云，雪意必浓，四境的冷涩，不知又使多少贫苦人惊心骇魄。但愿梅姊用悲哀的更大同情，为他们洗涤创污，隽妹以母亲伟大的温情，为他们的孤零嘘拂。

如果是无甚阻碍，明年暑假，我们定可图一晤。敬祝亲爱的朋友为使灵魂的超越而努力呵！

你们海角的故人书于凄风冷雨之下。

怀晚晴老人

夏丏尊

壁间挂着一张和尚的照片，这是弘一法师。自从"八·一三"前夕，全家六七口从上海华界迁避租界以来，老是挤居在一间客堂里，除了随身带出的一点衣被以外，什么都没有，家具尚是向朋友家借凑来的，装饰品当然谈不到，真可谓家徒四壁，挂这张照片也还是过了好几个月以后的事。

弘一法师的照片我曾有好几张，迁避时都未曾带出。现在挂着的一张，是他去年从青岛回厦门，路过上海时请他重拍的。

　　他去年春间从厦门往青岛湛山寺讲律，原约中秋后返厦门。"八·一三"以后不多久，我接到他的信，说要回上海来再到厦门去。那是上海正是炮火喧天，炸弹如雨，青岛还很平静。我劝他暂住青岛，并报告他我个人损失和困顿的情形。他来信似乎非回厦门不可，叫我不必替他过虑。且安慰我说："湛山寺居僧近百人，每月食物至少需三百元。现在住持者不生忧虑，因依佛法自有灵感，不致绝粮也。"

　　在大场陷落的前几天，他果然到上海来了。从新北门某寓馆打电话到开明书店找我。我不在店，雪邨先生代我去看他。据说，他向章先生详问我的一切，逃难的情形，儿女的情形，事业和财产的情形，什么都问到。章先生逐项报告他，他听到一项就念一句佛。我赶去看他已在夜间，他却没有详细问什么。几年不见，彼此都觉得老了。他见我有愁苦的神情，笑对我说道："世间一切，本来都是假的，不可认真。前回我不是替你写过一幅金刚经的四句偈子吗？'一切有为法，如梦幻泡影，如露亦如电，应作如是观。'你现在正可觉悟这真理了。"

　　他说三天后有船开厦门，在上海可住二日。第二天又去看他。那旅馆是一面靠近民国路一面靠近外滩的，日本飞机正狂炸浦东和南市一带，在房间里坐着，每几分钟就要受震惊一次。我有些挡不住，他却镇静如常，只微动着嘴唇。这一定又在念佛了。和几位朋友拉他同到觉林蔬食处午餐，以后要求他到附近照相馆留一摄影——就是这张相片。

他回到厦门以后，依旧忙于讲经说法。厦门失陷时，我们很记念他，后来知道他早到了漳州了。来信说："近来在漳州城区弘扬佛法，十分顺利。当此国难之时，人多发心归信佛法也。"今年夏间，我丢了一个孙儿，他知道了，写信来劝我念佛。秋间，老友经子渊先生病笃了，他也写信来叫我转交，劝他念佛。因为战时邮件缓慢，这信到时，子渊先生已逝去，不及见了。

厦门陷落后，丰子恺君从桂林来信，说想迎接他到桂林去。我当时就猜测他不会答应的。果然，子恺前几天来信说，他不愿到桂林去。据子恺来信，他复子恺的信说："朽人年来老态日增，不久即往生极乐。故于今春在泉州及惠安尽力宏法，近在漳州亦尔。犹如夕阳，殷红绚彩，随即西沉。吾生亦尔，世寿将尽，聊作最后之记念耳。……缘是不克他往，谨谢厚谊。"这几句话非常积极雄壮，毫没有感伤气。

他自题白马湖的庵居叫"晚晴山房"，有时也自称晚晴老人。据他和我说，他从儿时就欢喜唐人"人间爱晚晴"

（李义山句）的诗句，所以有此称号。"犹如夕阳，殷红绚彩，随即西沉"这几句话，恰好就是晚晴二字的注脚，可以道出他的心事的。

他今年五十九岁，再过几天就六十岁了。去年在上海离别时，曾对我说："后年我六十岁，如果有缘，当重来江浙，顺便到白马湖晚晴山房去小住一回，且看吧。"他的话原是毫不执着的。凡事随缘，要看"缘"的有无，但我总希望有这个"缘"。

悼志摩

林徽因

十一月十九日我们的好朋友，许多人都爱戴的新诗人，徐志摩突兀的，不可信的，惨酷的，在飞机上遇险而死去。这消息在二十日的早上像一根针刺猛触到许多朋友的心上，顿使那一早的天墨一般地昏黑，哀恸的咽哽锁住每一个人的嗓子。

志摩……死……谁曾将这两个句子联在一起想过！他是那样活泼的一个人，那样刚刚站在壮年的顶峰上的一个人。朋友们常常惊讶他的活动，他那像小孩般的精神和认真，谁又会想到他死？

　　突然的，他闯出我们这共同的世界，沉入永远的静寂，不给我们一点预告，一点准备，或是一个最后希望的余地。这种几乎近于忍心的决绝，那一天不知震麻了多少朋友的心？现在那不能否认的事实，仍然无情地挡住我们前面。任凭我们多苦楚的哀悼他的惨死，多迫切的希冀能够仍然接触到他原来的音容，事实是不会为体贴我们这悲念而有些须更改；而他也再不会为不忍我们这伤悼而有些须活动的可能！这难堪的永远静寂和消沉便是死的最残酷处。

　　我们不迷信的，没有宗教地望着这死的帏幕，更是丝毫没有把握。张开口我们不会呼吁，闭上眼不会入梦，徘徊在理智和情感的边沿，我们不能预期后会，对这死，我们只是永远发怔，吞咽枯涩的泪，待时间来剥削这哀恸的尖锐，痂结我们每次悲悼的创伤。那一天下午初得到消息的许多朋友不是全跑到胡适之先生家里么？但是除却拭泪相对，默然围坐外，谁也没有主意，谁也不知有什么话说，对这死！

　　谁也没有主意，谁也没有话说！事实不容我们安插任何的希望，情感不容我们不伤悼这突兀的不幸，理智又不容我们有超自然的幻想！默然相对，默然围坐……而志摩则仍是死去没有回头，没有音讯，永远地不会回头，永远地不会再有音讯。

我们中间没有绝对信命运之说的，但是对着这不测的人生，谁不感到惊异，对着那许多事实的痕迹又如何不感到人力的脆弱，智慧的有限。世事尽有定数？世事尽是偶然？对这永远的疑问我们什么时候能有完全的把握？

在我们前边展开的只是一堆坚质的事实：

"是的，他十九晨有电报来给我……"

"十九早晨，是的！说下午三点准到南苑，派车接……"

"电报是九时从南京飞机场发出的……"

"刚是他开始飞行以后所发……"

"派车接去了，等到四点半……说飞机没有到……"

"没有到……航空公司说济南有雾……很大……"只是一个钟头的差别；下午三时到南苑，济南有雾！谁相信就是这一个钟头中便可以有这么不同事实的发生，志摩，我的朋友！

他离平的前一晚我仍见到，那时候他还不知道他次晨南旅的，飞机改期过三次，他曾说如果再改下去，他便不走了的。我和他同由一个茶会出来，在总布胡同口分手。

在这茶会里我们请的是为太平洋会议来的一个柏雷博士，因为他是志摩生平最爱慕的女作家曼殊斐儿的姊丈，志摩十分的殷勤；希望可以再从柏雷口中得些关于曼殊斐儿早年的影子，只因限于时间，我们茶后匆匆地便散了。晚上我有约会出去了，回来时很晚，听差说他又来过，适遇我们夫妇刚走，他自己坐了一会，喝了一壶茶，在桌上写了些字便走了。我到桌上一看——

"定期早六时飞行，此去存亡不卜……"我怔住了，心中一阵不痛快，却忙给他一个电话。

"你放心，"他说，"很稳当的，我还要留着生命看更伟大的事迹呢，哪能便死？……"

话虽是这样说，他却是已经死了整两周了！

凡是志摩的朋友，我相信全懂得，死去他这样一个朋友是怎么一回事！

现在这事实一天比一天更结实，更固定，更不容否认。志摩是死了，这个简单惨酷的实际早又添上时间的色彩，一周，两周，一直的增长下去……

我不该在这里语无伦次的尽管呻吟我们做朋友的悲哀

情绪。归根说，读者抱着我们文字看，也就是像志摩的请柏雷一样，要从我们口里再听到关于志摩的一些事。这个我明白，只怕我不能使你们满意，因为关于他的事，动听的，使青年人知道这里有个不可多得的人格存在的，实在太多，决不是几千字可以表达得完。谁也得承认像他这样的一个人世间便不轻易有几个的，无论在中国或是外国。

我认得他，今年整十年，那时候他在伦敦经济学院，尚未去康桥。我初次遇到他，也就是他初次认识到影响他迁学的狄更生先生。不用说他和我父亲最谈得来，虽然他们年岁上差别不算少，一见面之后便互相引为知己。他到康桥之后由狄更生介绍进了皇家学院，当时和他同学的有我姊丈温君源宁。一直到最近两月中源宁还常在说他当时的许多笑话，虽然说是笑话，那也是他对志摩最早的一个惊异的印象。志摩认真的诗情，绝不含有丝毫矫伪，他那种痴，那种孩子似的天真实能令人惊讶。源宁说，有一天他在校舍里读书，外边下了倾盆大雨——惟是英伦那样的岛国才有的狂雨——忽然地听到有人猛敲他的房门，外边跳进一个被雨水淋得全湿的客人。不用说他便是志摩，一进门一把扯着源宁向外跑，说快来我们到桥上去等着。这一来把源宁怔住了，他问志摩等什么在这大雨里。志摩睁大了眼睛，孩子似的高兴地说："看雨后的虹去。"源宁不止说他不去，并且劝志摩趁早将湿透的衣服换下，再穿上雨衣出去，英国的湿气岂是儿戏，志摩不等他说完，一溜烟地自己跑了！

以后我好奇地曾问过志摩这故事的真确，他笑着点头承认这全段故事的真实。我问：那么下文呢，你立在桥上等了多久，并且看到虹了没有？他说记不清但是他居然看到了虹。我诧异地打断他对那虹的描写，问他，怎么他便知道，准会有虹的。他得意地笑答我说："完全诗意的信仰！"

"完全诗意的信仰"，我可要在这里哭了！也就是为这"诗意的信仰"他硬要借航空的方便达到他"想飞"的宿愿！"飞机是很稳当的，"他说，"如果要出事那是我的运命！"他真对运命这样完全诗意的信仰！

志摩我的朋友，死本来也不过是一个新的旅程，我们没有到过的，不免过分地怀疑，死不定就比这生苦，"我们不能轻易断定那一边没有阳光与人情的温慰"，但是我前边说过最难堪的是这永远的静寂。我们生在这没有宗教的时代，对这死实在太没有把握了。这以后许多思念你的日子，怕要全是昏暗的苦楚，不会有一点点光明，除非我也有你那美丽的诗意的信仰！

我个人的悲绪不竟又来扰乱我对他生前许多清晰的回忆，朋友们原谅。

　　诗人的志摩用不着我来多说，他那许多诗文便是估价他的天平。我们新诗的历史才是这样的短，恐怕他的判断人尚在我们儿孙辈的中间。我要谈的是诗人之外的志摩。人家说志摩的为人只是不经意的浪漫，志摩的诗全是抒情诗，这断语从不认识他的人听来可以说很公平，从他朋友们看来实在是对不起他。志摩是个很古怪的人，浪漫固然，但他人格里最精华的却是他对人的同情和蔼，和优容；没有一个人他对他不和蔼，没有一种人，他不能优容，没有一种的情感，他绝对地不能表同情。我不说了解，因为不是许多人爱说志摩最不解人情么？我说他的特点也就在这上头。

　　我们寻常人就爱说了解；能了解的我们便同情，不了解的我们便很落漠乃至于酷刻。表同情于我们能了解的，我们以为很适当；不表同情于我们不能了解的，我们也认为很公平。志摩则不然，了解与不了解，他并没有过分地夸张，他只知道温存，和平，体贴，只要他知道有情感的存在，无论出自何人，在何等情况之下，他理智上认为适当与否，他全能表几分同情，他真能体会原谅他人与他自己不相同处。从不会刻薄地单支出严格的迫仄的道德的天平指谪凡是与他不同的人。他这样的温和，这样的优容，真能使许多人惭愧，我可以忠实地说，至少他要比我们多数的人伟大许多；他觉得人类各种的情感动作全有它不同的，价值放大了的人类的眼光，同情是不该只限于我们划定的范围内。他是对的，朋友们，归根说，我们能够懂得几个人，了解几桩事，几种情感？哪一桩事，哪一个人没有多面的看法！为此说来志摩朋友之多，不是个可怪的事；凡是认得他的人不论深浅对他全有特殊的感情，也是极自然的结果。而反过来看他自己在他一生的过程中却是很少得着同情的。不止如是，他还曾为他的一点理想的愚诚几次几乎不见容于社会。但是他却未曾为这个而鄙吝他给他人的同情心，他的性情，不曾为受了刺激而转变刻薄暴戾过，谁能不承认他几有超人的宽量。

志摩的最动人的特点，是他那不可信的纯净的天真，对他的理想的愚诚，对艺术欣赏的认真，体会情感的切实，全是难能可贵到极点。他站在雨中等虹，他甘冒社会的大不韪争他的恋爱自由；他坐曲折的火车到乡间去拜哈代，他抛弃博士一类的引诱卷了书包到英国，只为要拜罗素做老师，他为了一种特异的境遇，一时特异的感动，从此在生命途中冒险，从此抛弃所有的旧业，只是尝试写几行新诗——这几年新诗尝试的运命并不太令人踊跃，冷嘲热骂只是家常便饭——他常能走几里路去采几茎花，费许多周折去看一个朋友说两句话；这些，还有许多，都不是我们寻常能够轻易了解的神秘。我说神秘，其实竟许是傻，是痴！事实上他只是比我们认真，虔诚到傻气，到痴！他愉快起来他的快乐的翅膀可以碰得到天，他忧伤起来，他的悲戚是深得没有底。寻常评价的衡量在他手里失了效用，利害轻重他自有他的看法，纯是艺术的情感的脱离寻常的原则，所以往常人常听到朋友们说到他总爱带着嗟叹的口吻说："那是志摩，你又有什么法子！"他真的是个怪人么？朋友们，不，一点都不是，他只是比我们近情，近理，比我们热诚，比我们天真，比我们对万物都更有信仰，对神，对人，对灵，对自然，对艺术！

朋友们我们失掉的不止是一个朋友，一个诗人，我们丢掉的是个极难得可爱的人格。

至于他的作品全是抒情的么？他的兴趣只限于情感么？更是不对。志摩的兴趣是极广泛的。就有几件，说起来，不认得他的人便要奇怪。他早年很爱数学，他始终极喜欢天文，他对天上星宿的名字和部位就认得很多，最喜暑夜观星，好几次他坐火车都是带着关于宇宙的科学的书。他曾经疯过爱因斯坦的相对论，并且在一九二二年便写过一篇关于相对论的东西登在《民铎》杂志上。他常向思成说笑："任公先生的相对论的知识还是从我徐君志摩大作上得来的呢，因为他说他看过许多关于爱因斯坦的哲学都未曾看懂，看到志摩的那篇才懂了。"今夏我住香山养病，他常来闲谈，有一天谈到他幼年上学的经过和美国克莱克大学两年学经济学的情况，我们不禁对笑了半天，后来他在他的《猛虎集》的《序》里也说了那么一段。可是奇怪的！他不像许多天才，幼年里上学，不是不及格，便是被斥退，他是常得优等的，听说有一次康乃尔暑校里一个极严的经济教授还写了信去克莱克大学教授那里恭维他的学生，关于一门很难的功课。我不是为志摩在这里夸张，因为事实上只有为了这桩事，今夏志摩自己便笑得不亦乐乎！

此外他的兴趣对于戏剧绘画都极深浓，戏剧不用说，与诗文是那么接近，他领略绘画的天才也颇可观，后期印象派的几个画家，他都有极精密的爱恶，对于文艺复兴时代那几位，他也很熟悉，他最爱鲍提且利和达文骞。自然地他也常承认文人喜画常是间接地受了别人论文的影响，他的，就受了法兰（Roger Fry）和斐德（Walter Pater）的不少。对于建筑审美他常常对思成和我道歉说："太对不起，我的建筑常识全是 Ruskins 那一套。"他知道我们是讨厌 Ruskins 的。但是为看一个古建的残址，一块石刻，他比任何人都热心，都更能静心领略。

他喜欢色彩，虽然他自己不会作画，暑假里他曾从杭州给我几封信，他自己叫它们做"描写的水彩画"，他用英文极细致地写出西（边）桑田的颜色，每一分嫩绿，每一色鹅黄，他都仔细地观察到。又有一次他望着我园里一带断墙半晌不语，过后他告诉我说，他止在默默体会，想要描写那墙上向晚的艳阳和刚刚入秋的藤萝。

对于音乐，中西的他都爱好，不止爱好，他那种热心便唤醒过北平一次——也许惟一的一次——对音乐的注意。谁也忘不了那一年，克拉斯拉到北平在"真光"拉一个多钟头的提琴。对旧剧他也得算"在行"，他最后在北平那几天我们曾接连地同去听好几出戏，回家时我们讨论的热闹，比任何剧评都诚恳都起劲。

谁相信这样的一个人，这样忠实于"生"的一个人，会这样早地永远地离开我们另投一个世界，永远地静寂下去，不再透些须声息！

我不敢再往下写，志摩若是有灵听到比他年轻许多的一个小朋友拿着老声老气的语调谈到他的为人不觉得不快么？这里我又来个极难堪的回忆，那一年他在这同一个的报纸上写了那篇伤我父亲惨故的文章，这梦幻似的人生转了几个弯，曾几何时，却轮到我在这风紧夜深里握吊他的惨变，这是什么人生？什么风涛？什么道路？志摩，你这最后的解脱未始不是幸福，不是聪明，我该当羡慕你才是。

关于章太炎先生二三事

鲁 迅

前一些时，上海的官绅为太炎先生开追悼会，赴会者不满百人，遂在寂寞中闭幕，于是有人慨叹，以为青年们对于本国的学者，竟不如对于外国的高尔基的热诚。这慨叹其实是不得当的。官绅集会，一向为小民所不敢到；况且高尔基是战斗的作家，太炎先生虽先前也以革命家现身，后来却退居于宁静的学者，用自己所手造的和别人所帮造的墙，和时代隔绝了。纪念者自然有人，但也许将为大多数所忘却。

我以为先生的业绩，留在革命史上的，实在比在学术史上还要大。回忆三十余年之前，木板的《訄书》已经出版了，我读不断，当然也看不懂，恐怕那时的青年，这样的多得很。我的知道中国有太炎先生，并非因为他的经学和小学，是为了他驳斥康有为和作邹容的《革命军》序，竟被监禁于上海的西牢。那时留学日本的浙籍学生，正办杂志《浙江潮》，其中即载有先生狱中所作诗，却并不难懂。这使我感动，也至今并没有忘记，现在抄两首在下面——

狱中赠邹容

邹容吾小弟，被发下瀛洲。
快剪刀除辫，干牛肉作糇。
英雄一入狱，天地亦悲秋。
临命须掺手，乾坤只两头。

狱中闻沈禹希见杀

不见沈生久，江湖知隐沦。
萧萧悲壮士，今在易京门。
螭魅羞争焰，文章总断魂。
中阴当待我，南北几新坟。

一九〇六年六月出狱，即日东渡，到了东京，不久就主持《民报》。我爱看这《民报》，但并非为了先生的文笔古奥，索解为难，或说佛法，谈"俱分进化"，是为了他和主张保皇的梁启超斗争，和"××"的×××斗争，和"以《红楼梦》为成佛之要道"的×××斗争，真是所向披靡，令人神往。前去听讲也在这时候，但又并非因为他是学者，却为了他是有学问的革命家，所以直到现在，先生的音容笑貌，还在目前，而所讲的《说文解字》，却一句也不记得了。

民国元年革命后，先生的所志已达，该可以大有作为了，然而还是不得志。这也是和高尔基的生受崇敬，死备哀荣，截然两样的。我以为两人遭遇的所以不同，其原因乃在高尔基先前的理想，后来都成为事实，他的一身，就是大众的一体，喜怒哀乐，无不相通；而先生则排满之志虽伸，但视为最紧要的"第一是用宗教发起信心，增进国民的道德；第二是用国粹激动种性，增进爱国的热肠"（见《民报》第六本），却仅止于高妙的幻想；不久而袁世凯又攘夺国柄，以遂私图，就更使先生失却实地，仅垂空文，至于今，惟我们的"中华民国"之称，尚系发源于先生的《中华民国解》（最先亦见《民报》），为巨大的记念而已，然而知道这一重公案者，恐怕也已经不多了。既离民众，渐入颓唐，后来的参与投壶，接收馈赠，遂每为论者所不满，但这也不过白圭之玷，并非晚节不终。考其生平，以大勋章作扇坠，临总统府之门，大诟袁世凯的包藏祸心者，并世无第二人；七被追捕，三入牢狱，而革命之志，终不屈挠者，并世亦无第二人：这才是先哲的精神，后生的楷范。近有文侩，勾结小报，竟也作文奚落先生以自鸣得意，真可谓"小人不欲成人之美"，而且"蚍蜉撼大树，可笑不自量"了！

但革命之后，先生亦渐为昭示后世计，自藏其锋镳。浙江所刻的《章氏丛书》，是出于手定的，大约以为驳难攻讦，至于忿詈，有违古之儒风，足以贻讥多士的罢，先前的见于期刊的斗争的文章，竟多被刊落，上文所引的诗两首，亦不见于《诗录》中。一九三三年刻《章氏丛书续编》于北平，所收不多，而更纯谨，且不取旧作，当然也无斗争之作，先生遂身衣学术的华衮，粹然成为儒宗，执贽愿为弟子者綦众，至于仓皇制《同门录》成册。近阅日报，有保护版权的广告，有三续丛书的记事，可见又将有遗著出版了，但补入先前战斗的文章与否，却无从知道。战斗的文章，乃是先生一生中最大，最久的业绩，假使未备，我以为是应该一一辑录，校印，使先生和后生相印，活在战斗者的心中的。然而此时此际，恐怕也未必能如所望罢，呜呼！

十月九日

我所景仰的蔡先生之风格

傅斯年

　　有几位北大同学鼓励我在日本特刊中写一篇蔡先生的小传。我以为能给蔡先生写传，无论为长久或为一时，都是我辈最荣幸的事。不过，我不知我有无此一能力。且目下毫无资料，无从着笔，而特刊又急待付印，所以我今天只能写此一短文。至于编辑传记的资料，是我的志愿，而不是今天便能贡献给读者的。

　　凡认识蔡先生的，总知道蔡先生宽以容众，受教久的，更知道蔡先生的脾气，不特不严责人，并且不滥奖人，不像有一种人的脾气，称扬则上天，贬责则入地。但少人知道，蔡先生有时也很严词责人。我以受师训备僚属有二十五年之长久，颇见到蔡先生生气责人的事。他人的事我不敢说，说和我有关的。

（一）蔡先生到北大的第一年中，有一个同学，长成一副小官僚的面孔，又做些不满人意的事，于是同学某某在西斋（寄宿舍之一）壁上贴了一张"讨伐"的告示；两天之内，满墙上出了无穷的匿名文件，把这个同学骂了个"不亦乐乎"。其中也有我的一件，因为我也极讨厌此人，而我的匿名揭帖之中，表面上都是替此君抱不平，深的语意，却是挖苦他。为同学们赏识，在其上浓圈密点，批评狼藉。这是一时学校中的大笑话。过了几天，蔡先生在一大会中演说，最后说到此事，大意是说：

诸位在墙壁上攻击□□君的事，是不合做人的道理的。诸君对□君有不满，可以规劝，这是同学的友谊。若以为不可规劝，尽可对学校当局说。这才是正当的办法。至于匿名揭帖，受之者纵有过，也决不易改悔，而施之者则为丧失品性之开端。凡做此事者，以后都要痛改前非，否则这种行动，必是品性沉沦之渐。

这一篇话，在我心中生了一个大摆动。我小时，有一位先生教我"正心""诚意""不欺暗室"，虽然《大学》

念得滚熟，却与和尚念经一样，毫无知觉；受了此番教训，方才大彻大悟，从此做事，决不匿名，决不推自己责任。大家听蔡先生这一段话之后印象如何我不得知，北大的匿名"壁报文学"从此减少，几至绝了迹。

（二）蔡先生第二次游德国时，大约是在民国十三年吧，那时候我也是在柏林。蔡先生到后，我们几个同学自告奋勇照料先生，凡在我的一份中，无事不办了一个稀糟。我自己自然觉得非常惭愧，但蔡先生从无一毫责备。有一次，一个同学给蔡先生一个电报，说是要从来比锡来看蔡先生。这个同学出名的性情荒谬，一面痛骂，一面要钱，我以为他此行必是来要钱，而蔡先生正是穷得不得了，所以与三四同学主张去电谢绝他，以此意陈告先生。先生沉吟一下说："《论语》上有几句话，'与其进也，不与其退也，唯何甚？人洁己以进，与其洁也，不保其往也。'你说他无聊，但这样拒人于千里之外，他能改了他的无聊吗？"

于是我又知道读《论语》是要这样读的。

（三）北伐胜利之后，我们的兴致很高。有一天在先生家中吃饭，有几个同学都喝醉了酒，蔡先生喝的更多，不记得如何说起，说到后来我便肆口乱说了。我说："我们国家整好了，不特要灭了日本小鬼，就是西洋鬼子，也要把他赶出苏黎士运河以西，自北冰洋至南冰洋，除印度、波斯、土尔其以外，都要'郡县之'。"蔡先生听到这里，不耐烦了，说："这除非你作大将。"

此外如此类者尚多，或牵连他人，或言之太长，姑不提。即此三事，已足证先生责人之态度是如何诚恳而严肃的，如何词近而旨远的。

蔡先生之接物，有人以为滥，这全不是事实，是他在一种高深的理想上，与众不同。大凡中国人以及若干人，在法律之应用上，是先假定一个人有罪，除非证明其无罪；西洋近代之法律是先假定一人无罪，除非证明其有罪。蔡先生不特在法律上如此，一切待人接物，无不如此。他先假定一个人是善人，除非事实证明其不然。凡有人以一说进，先假定其意诚，其动机善，除非事实证明其相反。如此办法，自然要上当，但这正是孟子所谓"君子可欺以其方，难罔以非其道"了。

若以为蔡先生能恕而不能严，便是大错了，蔡先生在大事上是丝毫不苟的。有人若做了他以为大不可之事，他虽不说，心中却完全当数。至于临艰危而不惧，有大难而不惑之处，只有古之大宗教家可比，虽然他是不重视宗教的。关于这一类的事，我只举一个远例。

在"五四"前若干时，北京的空气，已为北大师生的作品动荡得很了。北洋政府很觉得不安，对蔡先生大施压力与恫吓，至于侦探之跟随，是极小的事了。有一天晚上，蔡先生在他当时的一个"谋客"家中谈起此事，还有一个谋客也在。当时蔡先生有此两谋客，专商量如何对付北洋政府的，其中的那个老谋客说了无穷的话，劝蔡先生解陈独秀先生之聘，并要约制胡适之先生一下，其理由无非是要保存机关，保存北方读书人，一类似是而非之谈。蔡先生一直不说一句话。直到他们说了几个钟头以后，蔡先生站起来说："这些事我都不怕，我忍辱至此，皆为学校，但忍辱是有止境的。北京大学一切的事，都在我蔡元培一人身上，与这些人毫不相干。"这话在现在听来或不感觉如何，但试想当年的情景，北京城中，只是此北洋军匪、安福贼徒、袁氏遗孽，具人形之识字者，寥寥可数，蔡先生一人在那里办北大，为国家种下读书爱国革命的种子，是何等大无畏的行事！

蔡先生实在代表两种伟大的文化，一是中国传统圣贤之修养，一是法兰西革命中标揭自由平等博爱之理想，此两种伟大文化，具其一已难，兼备尤不可。先生殁后，此两种文化在中国之气象已亡矣！至于复古之论，欧化之谈，皆皮毛渣滓，不足论也。

旅踪屐痕

我静穆地望着铁轨，目光随着那在初阳之下闪着光的两条铁路的线伸展过去，一直到了迷茫的天际；在那里，我的神思便飘举起来了。

苏州记游

杨振声

一

　　在学校教书，好容易挨到暑假，像媳妇死了婆婆那样的自由，又像春天脱了棉袍换上夹衫那样的轻快。几乎不知道日子怎样打发才好。计划要读的书，多至一本都读不了；计划要做的事，多至一件都作不成。假使有个相熟的朋友，约你在读书做事前，先来上一游，那就像可可糖填到嘴里，美得话都说不出，只有点头而已。与老石同游，就是在这个机会。

我们同校一年，相知深了，我知道他，他也知道我，我们的计划很多，从来未曾按照计划实行一次。这次我们暑假居然同到了上海，又计划同游南京。恐怕计划不实行，头两天就先在旅行社买好了南京车票。我们说好不坐夜车，因为都是初次去南京，乘日车可以看看路上的风景。

一天早晨我们居然又同上了快车，相视一笑。"这次我们的计划又实行了。"火车还未开，话车就先开了。我们很得意地讨论到南京后的游程，虽然我们都到耳食中的南京图画里游行。可是我们讨论的热烈，至使同车的人们都回头看，以为我们在打架。经过长时间的讨论，结果是车到后就去游鸡鸣寺，在夕阳中晚眺；晚上再乘月色去游玄武湖，闻那荷香。

吱——唧——卟卟，火车停下了。

"什么地方？"

"苏州。"

"苏州？"老石睁大了眼问。

我点点头。

"怎么我们计划的时候，就没有想到苏州？"他有点像馋嘴猫闻到了鱼腥。

"做梦的时候，想到，计划的时候，忘了。"我也有点心动。

"我们……嘻……你看……"他话有点不好说，急得只用屁股磨擦座椅。

我猜到他的心事，同我的一样。只是我也不肯说，笑着望了他让他先发难。

他擦了擦额上的汗，又抿了抿干嘴唇，"唉……我们……嗯……在这儿下车好不好？"他说着赤了牙哈哈的笑，想笑掉他的不好意思。

"那南京车票不能退。"我偏拿拿劲。他搔了搔头道："只当掉了罢！"

"我们的计划呢？"

"也算掉了罢。其实……计划那有能实行的。并且……按照计划找的快乐，像似工作赚的钱；意外找到的快乐，好似路上拾的钱，格外有个意思。不是吗？"

"分明是掉了六块钱的车票，反说是路上拾到钱！"

"你几时这样算计来，偏偏这次有算计了！"他要翻陈账。

我慢慢地吸我的烟斗，对于他的讥讽全不睬。

唧——唧——唧——车又快开了。我偷眼看看老石，他满脸是汗，一声也不响，只拼命地吸烟。我慢慢地笑着站起来，提了皮包向外就走。他也格格地笑着跟了下来。

"我的手杖呢？"我们出了苏州车站，眼望那疾驰而去的火车，我才想起车上还有我的手杖——我从朋友敲来一支很得意的手杖！

"丢了六块钱的车票嫌不够，还赔上一支手杖！"我气得踩脚。

"让它代表我们游南京去吧！"老石在旁格格地笑。

二

游虎丘是当天下午的事。我们在人力车上一颠一跛地穿小街。老石东望西顾地在寻找苏州佳丽。他在德国就听说苏州的脂粉也是苏州的名胜之一。可是我们在街上所见的，都是半老黄瘦的佳丽，坐在门前小凳上，摇着蒲扇，吸着水烟袋乘凉。他皱着眉望了我一眼。

"失望吗？"我明白他的意思。"你们外国的美人，都陈列在街上，惟恐人家看不见，我们中国的美人，都关锁在房里，惟恐人家看得见。这里是内地，不比上海广州呢！"

他又问我那节孝牌坊是什么意思，我告诉了他后，他说："此处为什么这样多？"

"为什么这样多？或许是需要大罢。"我实在被他问穷了。

我们将到虎丘的时候，车子在个小桥前面停下了。几个小女孩子擎着麦秸编制的小团扇，围着我们嚷着卖。那嫩黄明净的麦秸扇，映着她们白嫩带笑的小脸，你真忍不得拒绝。我们俩就一人买了一把。啊，这一来可不得了。她们马上就围上了一大群，都吵着非每人买她们一把不可。"耐买俚笃个，弗买侬个，阿好意思！"赶到我们每人抱了一抱扇子逃出来，她们后面还有几个在追赶。

"开扇子店罢。"我看着我们这两抱扇子苦笑。
"这样买扇子才有意思。"他倒得意。

"有意思也许在买的时候，现在抱了这些扇子怎么游山？人家不当我们是来卖扇子的？"可巧庙前有些小孩子，我们回头望望那些卖扇子的小女孩子已经看不见我们。就拣出两把，把其余的都分送人了。

进了虎丘的山门，在树梢上就望见那座巍立的古塔。我们在旁处略略地徘徊，便径奔那古塔而去。

它的美在我们走近它五丈之内才全然发现。它不是玲珑，是浑成，是一块力的团结。它没有飞檐，没有尖顶，不是冲天的向上力。它是圆顶，是下沉，是一种力自天而降，抓住地面，如虎踞的威雄。它的颜色不是砖蓝——不表情感的颜色，天的颜色。它的颜色是赭丹，是半褪落的赭丹，是热烈的情感经过时代的伤痕，是人的颜色。映在夕阳的古红之下，它的颜色比我们平常所见的一切的颜色都古雅，都壮丽，都凄凉，都高傲。加以四围的荒草，断木，衬托着它本身的古拙，苍凉，倔强，屹立，完全一片力量的表现，雄伟的象征！

我们简直受了它的魔力，走都走不开。直坐到夕阳衔山，它的颜色减少了力量，我们才移得动脚。老石承认在西洋建筑中，没有如此简单而表现力量又如此充足的。可惜塔身已向东北欹侧，数年以后，将与雷峰塔同为荒土一丘。世界上又失去一件重大的艺术品——悄然无声地失去了！

我们往外走的时候，南望层层叠叠的云山，在暮霭苍茫中，迷离掩映，简直分不出哪是云，哪是山来。老石又呆着不动了。他叹口气道："我到了这里才了解中国的山水画！"

"你比朗世宁高明得多，他在中国学过多少年，还只会画外国狗！"想起他的画来，我总联想到在外国吃中国杂碎的风味。

出了庙门，老石说："咱们换条路走罢，别再碰在卖扇子的手里，不好办。"于是我们就望着邱陇间有断碣残碑的地方，落荒而走。这种浪漫走法，逍遥倒也逍遥，可是走不上正路。直到天黑了，我们还在人家坟地里徘徊。村子里上了灯火，我们才像扑灯蛾般地扑上大道。

到了城里，已是不早了，还没解决吃饭问题。又不知道什么地方好，就商量车夫拉我们到个清爽点的馆子，他们当然不会拉个就近的地方。如是又在车子上晃了半天，晃到个高高门楼前面。下车一看，匾上是松鹤楼。"这名字真清爽，咱们就在这儿吃罢。"我们是以这个理由进了门。

进门一瞧，呵，墙壁，楼梯，桌椅，全是窝肚颜色，映着红的灯光，红的炉火光，充满着黑暗时代地窖子里炼金的风味，我们又以这个理由入了座。

堂倌的黑揸布在桌子上擦着，一面问我们要什么菜。这倒是个难题目，"拣好的做罢。"我装作满不在乎地溜过这难题。

酒壶是再古拙没有，老石见了就欢喜。菜呢？瞧！第一碗是溜鱼，第二碗是炸鱼，第三碗是汤鱼，直至吃的饭，都是烧鱼面。"今天是过星期五。"我说。

老石擦擦额上的汗道："好吃。"
我倒忍不住笑了。

三

第二天吃了早点，我们商议去游逛狮子林。据说清乾隆到了狮子林，就想起倪迂那张画，现打发人去北京取来对着比看。我们却是先看到倪迂那张画——自然是延光室的印影，才想到去逛狮子林。老石为了这个缘故，特别高兴。大概坐在洋车上，还梦想过皇辇的风味。及至到了门口，看门的问道可有介绍信，我才恍然这一去的突然。他又问名片，我们各人在腰里掏了半天，我掏到一张递过去。那看门的低下头看看那秃溜溜的三个字，再抬起头看看我们直挺挺的两个人，就摇摇头干脆说声"不行"。

我望望老石，老石也望望我，不约而同的两脸苦笑。

"还是坐着皇辇回去吧！"我奚落他。

"多谢你那段好听的故事！"他又奚落我。

我们去北塔溜了一转，塔是上去了，又下来，只留下筋肉的感觉。还是旁边那个禅院，僻静的怪有意思。

留园名满江南，岂可不去瞻仰一番？也不知是狮子林的钉子在作怪，还是理想中的图画太荒唐，在留园中逛来逛去，没找到一处可以沾惹点情感的地方。最后我们的结论，是有几株老树，还古拙而自然。

不知怎的我们又在城外了，是当日的下午，也许是为初来时，坐在洋车上，慢腾腾地走着，远望那一带绿杨城郭，映着明净的河流，那印象特好，把我们又引诱到城外来，至于放弃了其他的名胜？无论如何，我们是在落荒而走了。河边的一株古柳，桥上的一个担夫，村子外几个小摊，地头上一丛野草，都逗引我们的呆看与徘徊。时间在这种不知爱惜中溜过，不觉又近黄昏了。雇他一只小艇，挂上夕阳的红帆，沿着城墙划进城里，穿那两岸人家的小河去？不错，就是这个主意。

进了小河，忽然感到一种太接近的不好意思。两岸全是人家的后门，后门有点像一个家庭排泄的出口。遨游乎其中，颇感点走近人家马桶的忸怩，窃听人家私语的唐突。也许人家满不在乎，但这十足地表现出游人的没出息！别管那个，味道可真浓厚。洗衣服的胰子味，厨房的炒菜味，马桶味，酱油醋味；再加上耳边碟子碗的脆声，锅铲的尖声，吵嘴的怒声，笑语的娇声，洗澡的水声；眼前竹竿上晾着未收的小孩尿垫，大人的裤子，衬衣，门缝间衣袖的一角，纱窗里女子的半面，处处是太接近了，太私暱了，——闻到人家身上的气息的一种接近，早晨闯进睡房的一种私暱。

"这才是苏州呢！"老石正高兴。哗的一声，一盆水从一家后门泼出。"哎呀！"老石叫。那门边探出一个老妈子头，看了看，把嘴一张，又用手掩上；缩回头去，哗喇把门关上了。老石伸出袖子抖着水，问我道："这是什么水？"

"洗脚水。"我告诉他。

赶我们到一个桥头下了船，已是满街灯火了。

第三天我们在火车上，远远地还望见虎丘塔倔强地屹立在晨曦中。老石换了一套棕色衣，我手中来时的手杖，现在也换上了一把轻清的麦秸扇了。

　　此文曾记游虎丘一部分，十七年载于睿湖。同游的老石嫌其不全，当然他是有权反对的。故为增补于此。

翡冷翠山居闲话

徐志摩

在这里出门散步去，上山或是下山，在一个晴好的五月的向晚，正像是去赴一个美的宴会，比如去一果子园，那边每株树上都是满挂着诗情最秀逸的果实，假如你单是站着看还不满意时，只要一伸手就可以采取，可以恣尝鲜味，足够你性灵的迷醉。阳光正好暖和，决不过暖；风息是温驯的，而且往往因为他是从繁花的山林里吹度过来他带来一股幽远的淡香，连着一息滋润的水气，摩挲你的颜面，轻绕着你的肩腰，就这单纯的呼吸已是无穷的愉快；空气总是明净的，近谷内不生烟，远山上不起霭，那美秀风景全部正像画片似的展露在你的眼前，供你闲暇的鉴赏。

　　作客山中的妙处，尤在你永不须踌躇你的服色与体态；你不妨摇曳着一头的蓬草，不妨纵容你满腮的苔藓；你爱穿什么就穿什么；扮一个牧童，扮一个渔翁，装一个农夫，装一个走江湖的桀卜闪（即吉卜赛人），装一个猎户；你再不必提心整理你的领结，你尽可以不用领结，给你的颈根与胸膛一半日的自由，你可以拿一条这边艳色的长巾包在你的头上，学一个太平军的头目，或是拜伦那埃及装的姿态；但最要紧的是穿上你最旧的旧鞋，别管他模样不佳，他们是顶可爱的好友，他们承着你的体重却不叫你记起你还有一双脚在你的底下。

　　这样的玩顶好是不要约伴，我竟想严格的取缔，只许你独身；因为有了伴多少总得叫你分心，尤其是年轻的女伴，那是最危险最专制不过的旅伴，你应得躲避她像你躲避青草里一条美丽的花蛇！平常我们从自己家里走到朋友的家里，或是我们执事的地方，那无非是在同一个大牢里从一间狱室移到另一间狱室去，拘束永远跟着我们，自由永远寻不到我们；但在这春夏间美秀的山中或乡间你要是有机会独身闲逛时，那才是你福星高照的时候，那才是你实际领受，亲口尝味，自由与自在的时候，那才是你肉体与灵魂行动一致的时候；

　　朋友们，我们多长一岁年纪往往只是加重我们头上的

枷，加紧我们脚胫上的链，我们见小孩子在草里在沙堆里
在浅水里打滚作乐，或是看见小猫追他自己的尾巴，何尝
没有羡慕的时候，但我们的枷，我们的链永远是制定我们
行动的上司！所以只有你单身奔赶大自然的怀抱时，像一
个裸体小孩扑入他母亲的怀抱时，你才知道灵魂的愉快是
怎样的，单是活着的快乐是怎样的，单就呼吸单就走道单
就张眼看耸耳听的幸福是怎样的。因此你得严格的为己，
极端的自私，只许你，体魄与性灵，与自然同在一个脉搏
里跳动，同在一个音波里起伏，同在一个神奇的宇宙里自
得。我们浑朴的天真是像含羞草似的娇柔，一经同伴的抵
触，他就卷了起来，但在澄静的日光下，和风中，他的姿
态是自然的，他的生活是无阻碍的。

　　你一个人漫游的时候，你就会在青草里坐地仰卧，甚
至有时打滚，因为草的和暖的颜色自然的唤起你童稚的活
泼；在静僻的道上你就会不自主的狂舞，看着你自己的身
影幻出种种诡异的变相，因为道旁树木的阴影在他们纡徐
的婆娑里暗示你舞蹈的快乐；你也会得信口的歌唱，偶尔
记起断片的音调，与你自己随口的小曲，因为树林中的莺
燕告诉你春光是应得赞美的；更不必说你的胸襟自然会跟
着曼长的山径开拓，你的心地会看着澄蓝的天空静定，你
的思想和着山壑间的水声，山罅里的泉响，有时一澄到底
的清澈，有时激起成章的波动，流，流，流入凉爽的橄榄

林中，流入妩媚的阿诺河去……

　　并且你不但不须应伴，每逢这样的游行，你也不必带书。书是理想的伴侣，但你应得带书，是在火车上，在你住处的客室里，不是在你独身漫步的时候。什么伟大的深沉的鼓舞的清明的优美的思想的根源不是可以在风籁中，云彩里，山势与地形的起伏里，花草的颜色与香息里寻得？自然是最伟大的一部书，葛德（即歌德）说，在他每一页的字句里我们读得最深奥的消息。并且这书上的文字是人人懂得的；阿尔帕斯（即阿尔卑斯）与五老峰，雪西里（即西西里）与普陀山，来因河（即莱茵河）与扬子江，梨梦湖（即莱蒙湖）与西子湖，建兰与琼花，杭州西溪的芦雪与威尼市（即威尼斯）夕照的红潮，百灵与夜莺，更不是一般黄的黄麦，一般紫的紫藤，一般青的青草同在大地上生长，同在和风中波动——他们应用的符号是永远一致的，他们的意义是永远明显的，只要你自己心灵上不长疮瘢，眼不盲，耳不塞，这无形迹的最高等教育便永远是你的名分，这不取费的最珍贵的补剂便永远供你的受用；只要你认识了这一部书，你在这世界上寂寞时便不寂寞，穷困时不穷困，苦恼时有安慰，挫折时有鼓励，软弱时有督责，迷失时有南针。

莱茵河

朱自清

莱茵河（The Rhine）发源于瑞士阿尔卑斯山中，穿过德国东部，流入北海，长约二千五百里。分上中下三部分。从马恩斯（Mayence，Mains）到哥龙（Cologne）算是"中莱茵"；游莱茵河的都走这一段儿。天然风景并不异乎寻常地好；古迹可异乎寻常地多。尤其是马恩斯与考勃伦兹（Koblenz）之间，两岸山上布满了旧时的堡垒，高高下下的，错错落落的，斑斑驳驳的：有些已经残破，有些还完好无恙。

这中间住过英雄，住过盗贼，或据险自豪，或纵横驰骤，也曾热闹过一番。现在却无精打采，任凭日晒风吹，一声儿不响。坐在轮船上两边看，那些古色古香各种各样的堡垒历历的从眼前过去；仿佛自己已经跳出了这个时代而在那些堡垒里过着无拘无束的日子。游这一段儿，火车却不如轮船，朝日不如残阳，晴天不如阴天，阴天不如月夜——月夜，再加上几点儿萤火，一闪一闪的在寻觅荒草里的幽灵似的。

最好还得爬上山去，在堡垒内外徘徊徘徊。这一带不但史迹多，传说也多。最凄艳的自然是脍炙人口的声闻岩头的仙女子。声闻岩在河东岸，高四百三十英尺，一大片暗淡的悬岩，嶙嶙岣岣的；河到岩南，向东拐个小湾，这里有顶大的回声，岩因此得名。相传往日岩头有个仙女美极，终日歌唱不绝。

一个船夫傍晚行船，走过岩下。听见她的歌声，仰头一看，不觉忘其所以，连船带人都撞碎在岩上。后来又死了一位伯爵的儿子。这可闯下大祸来了。伯爵派兵遣将，给儿子报仇。他们打算捉住她，锁起来，从岩顶直撵下河里去。但是她不愿死在他们手里，她呼唤莱茵母亲来接她；河里果然白浪翻腾，她便跳到浪里。从此声闻岩下听不见歌声，看不见倩影，只剩晚霞在岩头明灭。

德国大诗人海涅有诗咏此事；此事传播之广，这篇诗也有关系的。友人淦克超先生曾译第一章云：

> 传闻旧低徊，我心何悒悒。
> 两峰隐夕阳，莱茵流不息。
> 峰际一美人，粲然金发明，
> 清歌时一曲，余音响入云。
> 凝听复凝望，舟子忘所向，
> 怪石耿中流，人与舟俱丧。

这座岩现在是已穿了隧道通火车了。哥龙在莱茵河西岸，是莱茵区最大的城，在全德国数第三。从甲板上看教堂的钟楼与尖塔这儿那儿都是的。虽然多么繁华一座商业城，却不大有俗尘扑到脸上。英国诗人柯勒列治说：

> 人知莱茵河，洗净哥龙市；
> 水仙你告我，今有何神力，
> 洗净莱茵水？

那些楼与塔镇压着尘土，不让飞扬起来，与莱茵河的洗刷是异曲同工的。哥龙的大教堂是哥龙的荣耀；单凭这个，哥龙便不死了。这是戈昔式（即哥特式），是世界上最宏大的戈昔式教堂之一。建筑在一二四八年，到一八八零年才全部落成。欧洲教堂往往如此，大约总是钱不够之故。

教堂门墙伟丽，尖拱和直棱，特意繁密，又雕了些小花，小动物，和《圣经》人物，零星点缀着；近前细看，其精工真令人惊叹。门墙上两尖塔，高五百十五英尺，直入云霄。戈昔式要的是高而灵巧，让灵魂容易上通于天。这也是月光里看好。淡蓝的天干干净净的，只有两条尖尖的影子映在上面；像是人天仅有的通路，又像是人类祈祷的一双胳膊。森严肃穆，不说一字，抵得千言万语。教堂里非常宽大，顶高一百六十英尺。大石柱一行行的，高的一百四十八英尺，低的也六十英尺，都可合抱；在里面走，就像在大森林里，和世界隔绝。尖塔可以上去，玲珑剔透，有凌云之势。塔下通回廊。廊中向下看教堂里，觉得别人小得可怜，自己高得可怪，真是颠倒梦想。

站在一个边境的站上

——西班牙旅行记之三

戴望舒

夜间十二点半从鲍尔陀开出的急行列车，在侵晨六点钟到了法兰西和西班牙的边境伊隆。在朦胧的意识中，我感到急骤的速率宽弛下来，终于静止了。有人在用法西两国语言报告着："伊隆，大家下车！"

睁开睡眼向车窗外一看，呈在我眼前的只是一个像法国一切小车站一样的小车站而已。冷清清的月台，两三个似乎还未睡醒的搬运夫，几个态度很舒闲地下车去的旅客。我真不相信我已到了西班牙的边境了，但是一个声音却在更响亮地叫过来：

——"伊隆，大家下车！"

匆匆下了车，我第一个感到的就是有点寒冷。是侵晓的气冷呢，是新秋的薄寒呢，还是从比雷奈山间夹着雾吹过来的山风？我翻起了大氅的领，提着行囊就往出口走。

走出这小门就是一间大敞间，里面设着一圈行李检查台和几道低木栅，此外就没有什么别的东西。这是法兰西和西班牙的交界点，走过了这个敞间，那便是西班牙了。我把行李照别的旅客一样地放在行李检查台上，便有一个检查员来翻看了一阵，问我有什么报税的东西，接着在我的提箱上用粉笔划了一个字，便打发我走了。再走上去是护照查验处。那是一个像车站上卖票处一样的小窗洞。电灯下面坐着一个留着胡子的中年人。单看他的炯炯有光的眼睛和他手头的那本厚厚的大册子，你就会感到不安了。我把护照递给了他。他翻开来看了看里昂西班牙领事的签字，把护照上的照片看了一下，向我好奇地看了一眼，问了我一声到西班牙的目的，把我的姓名录到那本大册子中去，在护照上捺了印；接着，和我最初的印象相反地，他露出微笑来，把护照交还了我，依然微笑着对我说："西班牙是一个可爱的地方，到了那里你会不想回去呢。"

真的，西班牙是一个可爱的地方，连这个护照查验员也有他的固有的可爱的风味。这样地，经过了一重木栅，我踏上了西班牙的土地。

　　过了这一重木栅，便好象一切都改变了：招纸，揭示牌，都用西班牙文写着，那是不用说的，就是刚才在行李检查处和搬运夫用沉浊的法国南部语音开着玩笑的工人型的男子，这时也用清朗的加斯谛略语和一个老妇人交谈起来。天气是显然地起了变化，暗沉沉的天空已澄碧起来，而在云里透出来的太阳，也驱散了刚才的薄寒，而带来了温煦。然而最明显的改变却是在时间上。在下火车的时候，我曾经向站上的时钟望过一眼：六点零一分。检查行李，验护照等事，大概要花去我半小时，那么现在至少是要六点半了吧。并不如此。在西班牙的伊隆站的时钟上，时针明明地标记着五点半。事实是西班牙的时间和法兰西的时间因为经纬度的不同而相差一小时，而当时在我的印象中，却觉得西班牙是永远比法兰西年轻一点。

　　因为是五点半，所以除了搬运夫和洒扫工役已开始活动外，车站上还是冷清清的。卖票处，行李房，兑换处，书报摊，烟店等等都没有开，旅客也疏朗朗地没有几个。这时，除了枯坐在月台的长椅上或在站上往来蹀蝶以外，你是没有办法消磨时间的。到浦尔哥斯的快车要在八点二十分才开。到伊隆镇上去走一圈呢，带着行李究竟不大方便，而且说不定要走多少路。再说，这样大清早就是跑到镇上也是没有什么多大意思的。因此，把行囊散在长椅上，我便在这个边境的车站上踱起来了。

如果你以为这个国境的城市是一个险要的地方，扼守着重兵，活动着国际间谍，压着国家的、军事的大秘密，那么你就错误了。这只是一个消失在比雷奈山边的西班牙的小镇而已。提着筐子，筐子里盛着鸡鸭，或是肩着箱笼，三三两两地来趁第一班火车的，是头上裹着包头布的山村的老妇人，面色黝黑的农民，白了头发的老匠人，像是学徒的孩子。整个西班牙小镇的灵魂都可以在这些小小的人物身上找到。而这个小小的车站，它也何尝不是十足西班牙的呢？灰色的砖石，黯黑的木柱子，已经有点腐蚀了的洋船遮檐，贴在墙上在风中飘着的斑剥的招纸，停在车站尽头处的铁轨上的破旧的货车：这一切都向你说着西班牙的式微，安命，坚忍。西德（Cid）的西班牙，侗黄（DonJuon）的西班牙，吉河德（Quixote）的西班牙，大仲马或梅里美心目中的西班牙，现在都已过去了，或者竟可以说本来就没有存在过。

的确，西班牙的存在是多方面的。

第一是一切旅行指南和游记中的西班牙，那就是说历史上的和艺术上的西班牙。这个西班牙浓厚地渲染着釉彩，充满了典型人物。在音乐上，绘画上，舞蹈上、文学上，西班牙都在这个面目之下出现于全世界，而做着它的正式代表。一般人对于西班牙的观念，也是由这个代表者而引起的。当人们提起了西班牙的时候，你立刻会想到蒲尔哥斯的大伽蓝，格腊拿达的大食故宫，斗牛，当歌舞（Tago），侗黄式的浪子，吉何德式的梦想者，塞赖丝谛拿（LaCelestin）式的老虔婆，珈尔曼式的吉泊西女子，扇子，披肩巾，罩在高冠上的遮面纱等等，而勉强西班牙人做了你的想象的受难者；而当你到了西班牙而见不到那些开着悠久的岁月的绣花的陈迹，传说中的人物，以及你心目中的西班牙固有产物的时候，你会感到失望而作"去年白雪今安在"之喟叹。然而你要知道这是最表面的西班牙，它的实际的存在是已经在一片迷茫的烟雾之中，而行将只在书史和艺术作品中赓续它的生命了。

西班牙的第二个存在是更卑微一点，更穆静一点。那便是风景的西班牙。的确，在整个欧罗巴洲之中，西班牙是风景最胜最多变化的国家。恬静而笼着雾和阴影的伐斯各尼亚，典雅而充溢着光辉的加斯谤拉，雄警而壮阔的昂达鲁西亚，照和而明朗的伐朗西亚，会使人"感到心被窃获了"的清澄的喀达鲁涅。在西班牙，我们几乎可以看到欧洲每一个国家的典型。或则草木葱茏，山川明媚；或则大山岁崱，峭壁幽深；或则古堡荒寒，团焦幽独；或则千园澄碧，百里花香……这都是能使你目不暇给，而至于留连忘返的。这是更有实际的生命，具有易解性（除非是村夫俗子）而容易取好于人的西班牙。因为它开拓了你对于自然之美的爱好之心，而使你衷心地生出一种舒徐的、悠长的、寂寥的默想来。然而最真实的，最深沉的，因而最难以受人了解的却是西班牙的第二个存在。这个存在是西班牙的底蕴，它蕴藏着整个西班牙，用一种静默的语言向你说着整个西班牙，代表着它的每日的生活，象征着它的永恒的灵魂。这个西班牙的存在是卑微至于闪避你的注意，静默至于好象绝灭。可是如果你能够留意观察，用你的小心去理解，那么你就可以把握住这个卑微而静默的存在，特别是在那些小城中。这是一个式微的、悲剧的、现实的存在，没有光荣，没有梦想。

现在，你在清晨或是午后走进任何一个小城去吧。你在狭窄的小路上，在深深的平静中徘徊着。阳光从静静的闭着门的阳台上坠下来，落着一个砌着碎石的小方场。什么也不来搅扰这寂静；街坊上的叫卖声在远处寂灭了，寺院的钟声已消沉下去了。你穿过小方场，经过一个作坊，一切任何作坊，铁匠的、木匠的或羊毛匠的。你伫立一会儿，看着他们带着那一种的热心，坚忍和爱操作着；你来到一所大屋子前面：半开着的门已朽腐了，门环上满是铁锈，涂着石灰的白墙已经斑剥或生满黑霉了，从门间，你望见了里面被野草和草苔所侵占了的院子。你当然不推门进去，但是在这墙后面，在这门里面，你会感到有苦痛、沉哀或不遂的愿望静静地躺着。你再走上去，街路上依然是沉静的，一个喷泉淙淙地响着，三两只鸽子振羽作声。一个老妇扶着一个女孩伛偻着走过。寺院的钟迟迟地响起来了，又迟迟地消歇了。

……

这就是最深沉的西班牙，它过着一个寒伧、静默、坚忍而安命的生活，但是它却具有怎样的使人充塞了深深的爱的魅力啊。而这个小小的车站呢，它可不是也将这奥秘的西班牙呈显给我们看了吗？

当我在车站上来往蹀躞着的时候，我心中这样地思想着。在不知不觉之中，车站中已渐渐地有生气起来了。卖票处，兑换处，烟摊，报摊，都已陆续地开了门，从镇上来的旅客们，也开始用他们的嘈杂的语音充满了这个小小的车站了。

我从我的沉思中走了出来，去换了些西班牙钱，到卖票处去买了里程车票，出来买了一份昨天的《太阳报》（EI Sol），一包烟，然后回到安放着我的手提箱的长椅上去。

　　长椅上已有人坐着了，一个老妇人和几个孩子。一个，两个，三个，四个……一共是四个孩子。而且最大的一个十二岁的孩子，已经在开始一张一张地撕去那贴在我箱上的各地旅馆的贴纸了。我移开箱子坐了下来。这时候，便有两个在我看来很别致的人物出现了。

　　那是邮差，军人，和京戏上所见的文官这三种人物的混合体。他们穿着绿色的制服，佩着剑，头面上却戴着像乌纱帽一般的黑色漆布做的帽子。这制服的色彩和灰暗而笼罩着阴阴的尼斯各尼亚的土地以及这个寒伧的小车站显着一种异样的不调和，那是不用说的；而就是在一身之上，在这制服，佩剑，和帽子之间，也表现着绝端的不一致。"这是西班牙固有的驳杂的一部份吧。"我这样想。

　　七点钟了。开到了一列火车，然而这是到桑当德尔（Santanter）去的。火车开了，车站一时又清冷起来，要等到八点二十分呢。

　　我静穆地望着铁轨，目光随着那在初阳之下闪着光的两条铁路的线伸展过去，一直到了迷茫的天际；在那里，我的神思便飘举起来了。

柳岛之一瞥

庐 隐

　　我到东京以后，每天除了上日文课以外，其余的时间多半花在漫游上。并不是一定自命作家，到处采风问俗；只是为了满足我的好奇心，同时又因为我最近的三四年里，困守在旧都的灰城中，生活太单调，难得有东来的机会，来了自然要尽量地享受了。

　　人间有许多秘密的生活，我常抱有采取各种秘密的野心。但据我想象最秘密而且最足以引起我好奇心的，莫过于娼妓的生活。自然这是因为我没有逛妓女的资格，在那些惯于章台走马的王孙公子们看来，那又算得什么呢？

　　在国内时，我就常常梦想：哪一天化装成男子，到妓馆去看看她们轻颦浅笑的态度，和纸迷金醉的生活，也许可以从那里发见些新的人生。不过，我的身材太矮小，装男子不够格，又因为中国社会太顽固，不幸被人们发见，不一定疑神疑鬼的加上些什么不堪的推测。我存了这个怀惧，绝对不敢轻试——在日本的漫游中，我又想起这些有趣的探求来。有一天早晨，正是星期日，补习日文的先生有事不来上课，我同建坐在六铺席的书房间，秋天可爱的太阳，晒在我们微感凉意的身上；我们非常舒适的看着窗外的风景。在这个时候，那位喜欢游逛的陆先生从后面房子里出来，他两手插在磨光了的斜纹布的裤袋里，拖着木屐，走近我们书屋的窗户外，向我们用日语问了早安，并且说道："今天天气太好了，你们又打算到哪里去玩吗？"

　　"对了，我们很想出去，不过这附近的几处名胜，我们都走遍了，最好再发现些新的；陆样，请你替我们做领导，好不好？"建回答说。

　　陆样哦了一声，随即仰起头来，向那经验丰富的脑子里，搜寻所谓好玩的地方，而我忽然心里一动，便提议道："陆样，你带我们去看看日本娼妓生活吧！"

　　"好呀！"他说，"不过她们非到四点钟以后是不做生意的，现在去太早了。”

"那不要紧，我们先到郊外散步，回来吃午饭，等到三点钟再由家里出发，不就正合适了吗?"我说。建听见我这话，他似乎有些诧异，他不说什么，只悄悄地瞟了我一眼。我不禁说道:"怎么，建，你觉得我去不好吗?"建还不曾回答。而陆样先说道:"那有什么关系，你们写小说的人，什么地方都应当去看看才好。"建微笑道:"我并没有反对什么，她自己神经过敏了!"我们听了这话也只好一笑算了。

午饭后，我换了一件西式的短裙和薄绸的上衣。外面罩上一件西式的夹大衣，我不愿意使她们认出我是中国人。日本近代的新妇女，多半是穿西装的。我这样一打扮，她们绝对看不出我本来的面目。同时，陆样也穿上他那件蓝地白花点的和服，更可以混充日本人了。据陆样说日本上等的官妓，多半是在新宿这一带，但她们那里门禁森严，女人不容易进去。不如到柳岛去。那里虽是下等娼妓的聚合所，但要看她们生活的黑暗面，还是那里看得逼真些。我们都同意到柳岛去。我的手表上的短针正指在三点钟的时候，我们就从家里出发，到市外电车站搭车，——柳岛离我们的住所很远，我们坐了一段市外电车，到新宿又换了两次的市内电车才到柳岛。那地方似乎是东京最冷落的所在，当电车停在最后一站——柳岛驿——的时候，我们便下了车。当前有一座白石的桥梁，我们经过石桥，没着荒凉的河边前进，远远看见几根高矗云霄的烟筒，据说那便是纱厂。在河边接连都是些简陋的房屋，多半是工人们的住家。那时候时间还早，工人们都不曾下工。街上冷冷落落的只有几个下女般的妇人，在街市上来往地走着。我虽仔细留心，但也不曾看见过一个与众不同的女人。我们由河岸转湾，来到一条比较热闹的街市，除了几家店铺和水果摊外，我们又看见几家门额上挂着"待合室"牌子的房屋。那些房屋的门都开着，由外面看进去，都有一面高大的穿衣镜，但是里面静静的不见人影。我不懂什么叫做"待合室"，便去问陆样。他说，这样"待合室"专为一般嫖客，在外面钓上了妓女之后，便邀着到那里去开房间。我们正在谈论着，忽见对面走来一个姿容妖艳的女人，脸上涂着极厚的白粉，鲜红的嘴唇，细弯的眉梢，头上梳的是蟠龙髻；穿着一件藕荷色绣着凤鸟的和服，前胸袒露着，同头项一样的僵白，真仿佛是大理石雕刻的假人，一些也没有肉色的鲜活。她用手提着衣襟的下幅，姗姗地走来。陆样忙道："你们看，这便是妓女了。"我便问他怎么看得出来。他说："你们看见她用手提着衣襟吗？她穿的是结婚时的礼服，因为她们天天要和人结婚，所以天天都要穿这种礼服，这就是她们的标识了。"

"这倒新鲜！"我和建不约而同地这样说了。

　　穿过这条街，便来到那座"龟江神社"的石牌楼前面。陆样告诉我们这座神社是妓女们烧香的地方，同时也是她们和嫖客勾诱的场合。我们走到里面，果见正当中有一座庙，神龛前还点着红蜡和高香，有几个艳装的女人在那里虔诚顶礼呢。庙的四面布置成一个花园的形式，有紫藤花架，有花池，也有石鼓形的石凳。我们坐在石凳上休息，见来往的行人渐渐多起来，不久工厂放哨了。工人们三五成群从这里走过。太阳也已下了山，天色变成淡灰，我们就到附近中国料理店吃了两碗乔麦面，那时候已快七点半了。陆样说："正是时候了，我们去看吧。"我不知为什么有些胆怯起来，我说："她们看见了我，不会和我麻烦吗？"陆样说："不要紧，我们不到里面去，只在门口看看也就够了。"我虽不很满意这种办法，可是我也真没胆子冲进去，只好照陆样的提议做了。我们绕了好几条街，好容易才找到目的地，一共约有五六条街吧，都是一式的白木日本式的楼房，陆样和建在前面开路，我像怕猫的老鼠般，悄悄怯怯地跟在他俩的后面。才走进那胡同，就看见许多阶级的男人——有穿洋服的绅士，有穿和服的浪游者；还有穿制服的学生，和穿短衫的小贩。人人脸上流溢着欲望的光焰，含笑地走来走去。我正不明白那些妓人都躲在什么地方，这时我已来到第一家的门口了。那纸隔扇的木门还关着。但再一仔细看，每一个门上都有两块长方形的空隙处，就在那里露出一个白石灰般的脸，和血红的唇的女人的头。

谁能知道这时她们眼里是射的哪种光？她们门口的电灯特别的阴暗，陡然在那淡弱的光线下，看见了她们故意做出的娇媚和淫荡的表情的脸；禁不住我的寒毛根根竖了起来。我不相信这是所谓人间，我仿佛曾经经历过一个可怕的梦境：我觉得被两个鬼卒牵到地狱里来。在一处满是脓血腥臭的院子里，摆列着无数株艳丽的名花，这些花的后面，都藏着一个缺鼻烂眼，全身毒疮溃烂的女人。她们流着泪向我望着，似乎要向我诉说什么；我吓得闭了眼不敢抬头。忽然那两个鬼卒，又把我带出这个院子！在我回头再看时，那无数株名花不见踪影，只有成群男的女的骷髅，僵立在那里。"呀！"我为惊怕发出惨厉的呼号，建连忙回头问道："隐，你怎么了？……快看，那个男人被她拖进去了。"这时我神志已渐清楚，果然向建手所指的那个门看去，只见一个穿西服的男人，用手摸着那空隙处露出来的脸，便听那女人低声喊道："请，哥哥……洋哥哥来玩玩吧！"那个男人一笑，木门开了一条缝，一只纤细的女人的手伸了出来，把那个男人拖了进去。于是木门关上，那个空隙处的纸帘也放下来了，里面的电灯也灭了……

我们离开这条胡同，又进了第二条胡同，一片"请呵，哥哥来玩玩"的声音，在空气中震荡。假使我是个男人，也许要觉得这娇媚的呼声里，藏着可以满足我欲望的快乐，因此而魂不守舍的跟着她们这声音进去的吧。但是实际我

是个女人，竟使那些娇媚的呼声，变了色彩。我仿佛听见
她们在哭诉她们的屈辱和悲惨的命运。自然这不过是我的
神经作用。其实呢，她们是在媚笑，是在挑逗，引动男人
迷荡的心。最后她们得到所要求的代价了。男人们如梦初
醒地走出那座木门，她们重新在那里招徕第二个主顾。我
们已走过五条胡同了。当我们来到第六条胡同口的时候，
看见第二家门口走出一个穿短衫的小贩。他手里提着一根
白木棍，笑迷迷的，似乎还在那里回味什么迷人的经过似
的。他走过我们身边时，向我看了一眼，脸上露出惊诧的
表情，我连忙低头走开。但是最后我还逃不了挨骂。当我
走到一个没人照顾的半老妓女的门口时，她正伸着头在叫
"来呵！可爱的哥哥，让我们快乐快乐吧！"一面她伸出手
来要拉陆样的衣袖。我不禁"呀"了一声——当然我是怕
陆样真被她拖进去，那真太没意思了。可是她被我这一声
惊叫，也吓了一跳，等到仔细认清我是个女人时，她竟恼
羞成怒地骂起我来。好在我的日本文不好，也听不清她到
底说些什么，我只叫建快走，我逃出了这条胡同，便问陆
样道："她到底说些什么？"陆样道："她说你是个摩登女
人，不守妇女清规，也跑到这个地方来逛，并且说你有胆
子进去吗？"这一番话，说来她还是存着忠厚呢！我当然不
愿怪她，不过这一来我可不敢再到里边去了。而陆样和建
似乎还想再看看。他们说："没关系，我们既来了，就要看
个清楚。"可是我极力反对，他们只好随我回来了。在归途

上，我问陆样对于这一次漫游的感想，他说："当我头一次看到这种生活时，的确心里有些不舒服；不过看过几次之后，也就没有什么了。"建他是初次看，自然没有陆样那种镇静，不过他也不像我那样神经过敏。

我从那里回来以后，差不多一个月里头每一闭眼就看见那些可怕的灰白脸，听见含着罪恶的"哥哥！来玩"的声音。这虽然只是一瞥，但在心幕上已经留下不可磨灭的印象了！